U0083856

古典詩歌研究彙刊

第一輯

龔鵬程 主編

第 13 冊

章法風格析論
——以蘇軾詞、姜夔詞為考察對象（上）

蒲基維 著

國家圖書館出版品預行編目資料

章法風格析論——以蘇軾詞、姜夔詞為考察對象（上）／蒲基
維著 — 初版 — 台北縣永和市：花木蘭文化出版社，2007〔
民 96〕
目 2+174 面；17×24 公分（古典詩歌研究彙刊 第一輯；第 13 冊）
ISBN-13：978-986-7128-92-8（全套：精裝）
ISBN-13：978-986-7128-84-3（精裝）
1.（宋）蘇軾－作品評論 2.（宋）姜夔－作品評論 3. 中國語
言－修辭

802.7   96003200

ISBN 986712884-3

9 789867 128843

古典詩歌研究彙刊
第一輯　第十三冊   ISBN：978-986-7128-84-3

章法風格析論——以蘇軾詞、姜夔詞為考察對象（上）

作　　者　蒲基維
主　　編　龔鵬程
出　　版　花木蘭文化出版社
發 行 所　花木蘭文化出版社
發 行 人　高小娟
聯絡地址　台北縣永和市中正路五九五號七樓之三
　　　　　電話：02-2923-1455／傳真：02-2923-1452
電子信箱　sut81518@ms59.hinet.net
初　　版　2007 年 3 月
定　　價　第一輯 20 冊（精裝）新台幣 28,000 元

章法風格析論——
以蘇軾詞、姜夔詞為考察對象（上）

蒲基維　著

作者簡介

蒲基維，國立臺灣師範大學國文研究所博士。曾任教臺北科技大學、臺北商業技術學院，講授國文課程，現為臺灣師範大學國文學系兼任助理教授。學術專長涉及章法學、風格學、古典詩詞及作文教學。重要著作包括《辭章風格教學新論》、《「東坡詞」章法風格析論》、主編《新型基測作文教學題庫》等書，並發表關於古典詩詞、章法、修辭、風格及國文教學等單篇論文十餘篇。

提　要

　　「章法風格」的理論涉及章法學與風格學兩個領域，是運用章法「陰陽二元對待」的概念，形成辭章結構的「移位」、「轉位」現象，探討其節奏韻律對於辭章風格的影響，進而梳理風格形成的內在條理，讓傳統印象、直覺式的風格述評變得有理可說。本書建構「章法風格」的理論基礎，並援引蘇軾、姜夔二家詞為考察對象，研究二家詞作在「剛中寓柔」、「柔中寓剛」及「剛柔相濟」等三種章法風格之類型及其美感效果，不僅提供詞作不同的分析角度，更建立辭章鑑賞的具體原則，對於古典詩詞之研究及風格學之理論建構，應有相當助益。

目錄

第一章　緒　論

　　本章就研究動機、重要之參考文獻，以及研究方法與範圍，概述本論文之架構與內容如下。

第一節　研究動機

　　「章法學」是近幾年才逐漸發展起來的，而「章法」卻是從人類文明發展以來，就已存在的邏輯思維。具體而言，章法所探討的是篇章的邏輯結構，這種邏輯源自於人類共通的理則，創作者雖然日用而不知、習焉而不察，卻很自然地反映在作品之中。〔註1〕古今辭章學者雖很早注意這些問題，卻總是零星散論，徒有見樹不見林之憾。直至晚近，陳滿銘經過多年的努力，才逐漸理出章法的原則、範圍及主要內容，並深入探究章法的哲學基礎與美感效果，從而建構一個完整體系，形成一個新的學門。

　　從章法的哲學基礎來說，章法與章法結構都是在「陰陽二元對待」的基礎上建立起來的，而「陰陽二元對待」又是宇宙創生、含容萬物的根本規律，陳滿銘結合了中國哲學與西方美學中有關「對立統一」、「多樣統一」的概念，發現足以詮釋宇宙創生規律的「多」、

〔註1〕參見陳滿銘〈論章法的哲學基礎〉，臺灣師大《國文學報》第 32 期（2002.12），頁 87～126。

「二」、「一（○）」螺旋結構〔註2〕。所謂「二」就是陰陽二元對待，徹上可以歸於宇宙混元統一的狀態（「一（○）」），徹下可以統攝宇宙萬物的形形色色（「多」）。因此，合於宇宙自然規律的文學作品，也必然合乎「多」、「二」、「一（○）」的螺旋結構：從創作的角度來說，其形成的是「（○）一、二、多」的順向結構；從鑑賞的角度來看，則形成了「多、二、一（○）」的逆向結構。以具體的章法結構而言，「多」指的是各個輔助結構，「二」爲核心結構，「一（○）」則爲一篇辭章的主旨及其所形成的風格、韻律、氣象、境界等。由此可知，一篇辭章的風格與章法結構有密切的關聯。我們藉由分析每一結構的陰陽，確定其移位、轉位的強度〔註3〕，最後由核心結構統攝整體結構向陰或向陽的趨勢，以契合辭章抽象的風格，使辭章風格的形成變得有理可說。這就是「章法風格」存在的價值，由於它是從辭章的整體來分析風格，當然與辭章整體的風格最爲接近。因此，研究「章法風格」是章法學中的重要範疇，也是從章法學擴充到風格學的重要橋樑，遂以不佞之志，決心投入「章法風格」的研究，不僅期望建立「章法風格」的哲學基礎，更希望在傳統形象思維式的風格鑑賞之外，另闢一條運用邏輯思維來評賞風格的道路。這是「章法風格」值得深入探究的原因之一。

「風格」是一個範圍極廣、意義極深的概念，它本是人的性格、風度、才情、意念等等的總體表現。表現在各種藝術形式之中，則出現了繪畫風格、音樂風格、雕刻風格、建築風格、戲劇風格、語言風格、電影風格及文學風格等，其中文學風格又有不同的分類，大體而

〔註2〕關於「多」、「二」、「一（○）」螺旋結構的形成及定義，可參見陳滿銘〈論「多」、「二」、「一（○）」的螺旋結構—以《周易》、《老子》爲考察對象〉一文，收錄於《章法學綜論》（臺北：萬卷樓，2003年6月初版），頁459～506。

〔註3〕關於章法移位、轉位的現象，可參見仇小屏〈論辭章章法的移位、轉位及其美感〉，收錄於《辭章學論文集》（2002.12 一版一刷），頁98～122

言，不同時代有不同時代的風格，不同民族也有不同民族的文學風格，此外，還有地域、流派、文體、作家及作品等因素所形成的風格類型。在作品風格之中，又可以依其表現形式的不同分出主題風格、意象風格、修辭風格、文法風格及章法風格等類型。由此觀之，「章法風格」只是文學作品風格中的一個範疇。即使如此，它仍與文學作品的整體風格最爲接近，而藉由「章法風格」理論基礎的建立，進而探索主題學、文法學、修辭學、意象學等辭章學的其他領域，相信對於建立一個完整的辭章學體系具有莫大的幫助。遂立志窮畢生之力，探索「章法風格」這一深具發展潛力的研究領域，也期待自己以研究「章法風格」爲起點，不僅要探索章法學之堂奧，更可一窺整個辭章學的「宗廟之美」。這是「章法風格」值得深入研究的原因之二。

　　基於上述兩大因素，可知「章法風格」的研究，具有不可抹滅的學術價值與發展潛力，期能盡己淺陋之力，開拓出豐碩的學術果實。

第二節　重要之文獻資料

　　研究「章法風格」，可供運用的文獻資料非常繁複，在理解融通、博覽約取的過程中，必須力求切要精當；而去蕪刪冗的過程中，更須避免一己之偏見。茲就基本文獻資料、參考文獻資料、輔助文獻資料三方面分言之。

一、基本文獻資料

　　本論文以「蘇軾詞」、「姜夔詞」爲考察對象，自須從《東坡樂府》及《姜白石詞》著手。以目前坊間的善本來看，蘇軾詞有：

龍沐勛《東坡樂府箋》

　　此書之特色在於「體例詳贍，搜采廣博，於詞之獨到處，尤多發微」〔註4〕，凡研究東坡詞者必備此書。故本論文收錄之東坡詞的內

―――――――――――――

〔註4〕見龍沐勛《東坡樂府箋·葉恭綽序》（臺北：商務，1999 年 9 月臺

容，皆以此書爲底本。

石聲淮、唐玲玲《東坡樂府編年箋注》

這是研究《東坡樂府》編年的重要文獻，本論文在風格類型之下，即根據此書的編年順序來排定詞作，以論述蘇軾的詞風。

曾棗莊、吳洪澤《蘇軾詞選》

本書雖爲選詞，但是在註釋及賞析方面，頗有可供參考之價值，而所輯錄歷代之詞評，有許多肯綮之論，足以作爲風格評論之重要參據。

姜夔詞有：

夏承燾《姜白石詞編年箋校》

這是目前坊間有關姜夔詞作編年最爲詳盡的文獻，也是本論文在編排姜夔詞作之順序的主要依據。同時，其有關《姜夔詞》之整體詞風的探討，亦爲重要的文獻資料。

劉乃昌《姜夔詞新釋集評》

本書除了針對姜夔詞逐闋逐句的分析註釋之外，其「評析」部分亦有許多肯綮之評，而「集評」部分亦蒐羅了許多有關姜夔詞風的論述，是研究姜詞風格的重要文獻。

根據目前所見資料，蘇軾詞作約三百餘首〔註5〕，姜夔詞作約百首〔註6〕，我們擇錄風格較爲明顯的作品，並依其情理繪成結構分析表，以作爲印證「章法風格」之實用性的重要基本資料。

二、參考文獻資料

「章法風格」的研究涉及章法學及風格學兩大範疇，因此舉凡章

一版 7 刷）。

〔註 5〕龍沐勛《東坡樂府箋》收錄 344 首，石聲淮、唐玲玲《東波樂府編年箋注》收錄 348 首。

〔註 6〕夏承燾《姜白石詞編年箋校》收錄 102 首，劉乃昌《姜夔詞新釋集評》收錄 84 首。

法學及風格學的相關著作，皆爲重要的參考文獻資料。在章法學方面，近年的研究論著頗爲可觀，如：

陳滿銘《文章結構分析》

本書以中學教材爲例，將中學教材中的重要詩文繪成結構分析表，並作適度的賞析與說明，由於這是陳滿銘較早期的論著，部分結構表仍有修改的空間，但其思維脈絡仍是我們繪製結構表時的重要參考。

陳滿銘《章法學新裁》

這是作者第一部關於章法學的論文集，其編選方式乃從近三十年的章法學論文中，選輯二十四篇文章，各包含了不同角度的研究心得，是章法學研究者必須參考的重要文獻。

陳滿銘《章法學論粹》

這是作者第二部章法學的論文集，分爲「理論篇」與「教學篇」兩大部分，並附錄近年兩岸學者對於章法學研究成果的述評，其選錄的論文兼具理論與實務，深入淺出地論述章法學的相關概念，頗值得研究之參照。

陳滿銘《章法學綜論》

這是作者第一部有系統地介紹章法學的著作，也是「章法學」成熟的重要里程。其內容包括「章法類型與規律」、「章法哲學」、「章法結構」（含內容結構與「多、二、一（○）」結構所延伸出來的節奏、韻律及風格等問題）、「章法美學」、「比較章法」等重要的章法學範疇，而「章法風格」乃其中的一個領域，當然必須以此論著作爲主要的參考文獻。

仇小屏《文章章法論》

這是國內第一部有系統地介紹章法的著作，全書以「章法四大律」爲基本架構，從古今文論之中提出關於章法在「秩序」、「變化」、「聯貫」、「統一」等原則的理論與實例，首度呈現了章法的完整輪廓，是

研究章法學必備的參考文獻。

仇小屏《篇章結構類型論》

在《文章章法論》的基礎之上，作者更進一步在陳滿銘的指導下，撰寫具體的篇章結構類型，本書共列舉了三十六種常見的結構類型，並積極探討其淵源和特色，尤其能落實在辭章當中論述，是本論文撰寫「章法概說」的重要參考資料。

仇小屏《章法新視野》

此書是仇小屏針對高中「一綱多本教材」所作的辭章結構分析，書中除了分析高中國文課文之外，也提供了具體的結構分析原則，頗值得作為辭章結構分析的重要參考文獻。

夏薇薇《賓主章法析論》

本書是專門針對辭章「賓主法」所作的研究分析。書中探討了「賓主法」的心理與哲學基礎，並以具體的辭章來推就其美感效果，是章法學中首度以單一章法為研究主題的學術論文。

陳佳君《虛實章法析論》

本書專就「虛實法」探討其心理、哲學的基礎，並說明其美感效果。值得一提的是，此書以廣義的「虛實」為研究範疇，除了探討時空的虛實與事理的虛實之外，更涵蓋了「情景法」、「論敘法」、「泛具法」等結構類型，是一部完整呈現「虛實章法」的學術論著。

在風格學方面，海峽兩岸可供參閱的論著亦多，如：

張德明《語言風格學》

作者從宏觀的角度探討風格學的系統，並提出風格學的基本原則，即「整體性原則」、「結構性原則」、「層次性原則」、「環境性原則」、「最佳化原則或優選性原則」，其中的「整體性」、「結構性」與「層次性」等三原則，對於章法風格的研究具有極大的啟發作用。此外，作者提到「比較法」、「分析綜合法」、「統計法」等風格學的基本方法，其中「分析綜合法」所強調的「整體」綜合與「部分」分析，是章法

風格研究值得參照的方法之一。

程祥徽、鄭駿捷、張劍樺《語言風格學》

本書從語言學研究的高度，闡述風格學的淵源及學術含義，並論述語言風格學的研究對象。值得一提的是，本書介紹了具體的風格學研究方法，其中「統計法」——運用統計數據以說明風格現象、「歸納法」——從作品歸納風格特點、「比較法」——從比較來看風格系統的一致性，皆以科學方法來研究語言風格，充分達到「科學」、「新穎」、「嚴謹」的論文要求〔註7〕，也值得作爲研究章法風格的借鏡。

黎運漢《漢語風格學》

本書乃以語言風格學爲基礎，擴及談論語言風格與表達主體、接受主體和表達對象的關係，並從漢文化的特性探索漢語風格形成的要素，尤其著重於表現風格的論述從其含義、類型及形成的規律建構表現風格的體系，是研究風格品類的重要文獻。此外，本書亦論及漢語的個人風格、民族風格與時代風格，是一部兼融各體的風格學論著。

至於古今關於章法、風格各方面的零星散論，也是極爲重要的參考資料，對於「章法風格」理論的建立，皆有助益。

三、輔助文獻資料

凡可印證章法風格理論的學說、觀念，以及足以輔助說明蘇軾詞與姜夔詞之風格取向者，皆爲重要之輔助資料。我們可就三方面說明之：

（一）中西哲學、史學名著

如中國傳統的《周易》（含《易傳》）、《老子》、《中庸》等哲學著作，及西方有關於結構主義、解構理論、現代主義及後現代思潮的論著，對於「章法風格」哲學基礎的建構，皆有助益；而文學史、哲學

〔註7〕 見程祥徽等《語言風格學‧王德春序》（桂林：廣西教育出版社，2002年8月第1版），頁1。

史以及美學史等論著，也是溯源「章法風格」理論的重要依據。

（二）心理學、美學論著

西方的心理學及美學的理論，如「精神分析美學」、「結構主義美學」、「格式塔心理美學」等，及晚近大陸學者所建立的「中國文學美學」體系，皆可以用來詮釋章法的心理基礎與美感效果，更可用來分析「章法風格」之美，是極爲重要的輔助資料。

（三）文學理論專書

關於文法、修辭、文體等文學鑑賞的研究專書，如韋勒克、華倫的《文學論──文學研究方法論》、柯慶明的《境界的再生》、黃慶萱的《修辭學》等；史學、社會學、教育學等社會科學的論著，皆具有輔助研究「章法風格」的價值。

第三節　研究方法及研究範圍

爲提升本論文的學術品質，並利於論文架構的確立，茲提出幾項重要的研究方法如下。

一、探源辨流，貫串脈絡

任何學術理論的建立，不僅要符合宇宙自然的規律，更要尋求其哲學的基礎。「章法風格」的成立來自於章法學的理論，同時也符合宇宙自然「多、二、一（○）」的螺旋規律。本論文爲求「章法風格」理論之完整，逐從中國哲學論著中（以《周易》、《老子》爲主）尋其哲學根源，並參酌西方結構主義、解構理論、女性主義觀點及後現代理論等，期能建立一個周延、完備的理論體系。故在第二章「章法與風格概說」中，論述章法類型，特別著重於每一種章法之心理基礎的探討，論述風格品類，也特別強調風格的哲學論述及其品類的流變；在第三章「章法風格的哲學基礎」中，從「章法結構的陰陽定位」、「章法的移位、轉位」、「章法的多、二、一（○）結構」等三方面來確立章法風格的哲學基礎。

二、詳考眾說，融匯中西

　　學術研究最忌閉門造車，尤其在評賞辭章、褒貶優劣之際，更須審慎用心，務必詳考眾說，其評斷與己說相同，則不避同；其評斷與己說相異，更須謹慎查證，如立論真確，則當堅持己見。故在第四章、第五章、第六章文本的分析研究中，要能詳考各家對於蘇詞、姜詞的評論，從他們抽象的風格評賞中去蕪存精，作為確定其風格取向的重要依據。至於融匯中西，乃當今學術研究的潮流，裨使我們的研究成果更具國際視野。故第二章的「章法類型概說」，即援用中國傳統文化論述與西方美學及心理學的理論，以尋求各種章法的心理基礎與美感效果。

三、掌握資料，條分類析

　　本論文在理論建構之外，並於第四章、第五章及第六章從事作品之證析，其選錄「蘇軾詞」與「姜夔詞」作為考察的對象，理由有四：首先，唐宋詞的篇幅多大於古詩與近體，而小於古文，較適於作為篇章結構的分析；其次，在唐宋詞的諸多作品中，關於「蘇軾詞」與「姜夔詞」的編年研究較為完整，在寫作背景上可提供更多的研究資料；再者，「蘇軾詞」現存三百餘首，「姜夔詞」現存一百餘首，後人對於二家詞作之風格評析的資料較為豐富，可作為分析其章法風格的重要參考；最後，「蘇軾詞」向來被歸為豪放派，具剛健之美，「姜夔詞」向來被歸為婉約派，具柔婉之美，而實際研究發現，蘇詞的「清峻」及姜詞的「清剛」，實兼具「陽剛」與「陰柔」兩種風趣，各有豪放與婉約風格的詞作，較適合作為本論文的分析研究。基於上述四個原因，遂針對這兩大詞家進行分類考察。

　　此外，「文本」的掌握關乎研究結果的方向，而正確的分類則是最佳的掌握方式。本論文在為蘇詞及姜詞的風格作一具體評賞，故不宜用其編年或題材來分類，而應從「風格品類」的角度來劃分。一般而言，風格的基本形態分為「陽剛」與「陰柔」兩大類型，若依照「章法風格」的理論，每一文學作品的風格各有其剛柔的比例與成分，有

的作品風格是「剛中寓柔」，有的則是「柔中寓剛」，至於接近「剛柔相濟」風格的作品也存在不少，故可依「剛中寓柔」、「柔中寓剛」及「剛柔相濟」等三種風格類型來條分蘇詞、姜詞，是掌握文本以研究其章法風格的最佳方式。

四、強調體用，確立系統

文學理論與文學作品是互爲體用的兩個方面，我們從文學作品當中歸納分析出文學通則，當然必須將此文學通則回證於作品當中，這與孔子所言「下學而上達」的精神是不謀而合的。「章法風格」的理論絕非憑空而生，而是從無數作品的分析研究中歸納其規律，再運用先人的哲學智慧以提升其哲學高度，最後仍要回證於文學作品，從多采多姿的文藝創作中，考證其適用性、修正其準確性，才能確立一個完整的理論系統。所以，本論文的章節配置，除第一章「緒論」與第七章「結論」之外，有第二、三章的理論論述，也有第四、五、六章的作品印證，如此完整的理論提升與作品回證，才得以粹煉出「章法風格」的美感，並進一步確立辭章風格的鑑賞系統。

根據上述的研究方法，我們可以確立本論文的研究範圍及章節內容。

第一章爲「緒論」。

第二章爲「章法與風格概說」。在「章法概說」部分，主要介紹目前所發現的四十餘種章法類型，擇其重要之三十種，分「對比性章法」、「調和性章法」及「中性章法」等三類，論述其重要的心理基礎與美感特色。至於風格概說部分，除了說明風格的定義之外，並從歷史角度追溯風格品類的分化與合流，以及從哲學的觀點探討風格品類的哲學基礎，以印證「陽剛」風格與「陰柔」風格之母性。本章最終的論述，是期望能聯繫章法之「對比」、「調和」與風格之「陽剛」、「陰柔」的關係。

第三章爲「章法風格的哲學基礎」。我們試圖追溯「章法結構之

陰陽定位」、「章法之移位、轉位」以及「多、二、一（○）」結構等三方面的哲學基礎，進而論述三者與辭章風格的關係，爲章法風格尋得一個完整而嚴密的理論基礎。

第四章爲「辭章風格中『剛中寓柔』之作品證析」。本章擇取蘇軾詞十八首，姜夔詞十二首，運用章法風格的理論分析作品的內在律動，以確定其剛柔的成分，並適度引用古今學者對於兩家詞作的風格述評，來印證章法風格之理論的合理性與準確性。

第五章爲「辭章風格中『柔中寓剛』之作品證析」。本章擇取蘇軾詞二十三首，姜夔詞十九首，同樣運用章法風格的理論來探所作品內在律動所呈現的剛柔比例，並引用古今學者對於詞作之評價，以比較章法風格所分析的「柔中寓剛」之格調與學者之評斷的異同。

第六章爲「辭章風格中『剛柔相濟』之作品證析」。本章擇取蘇軾詞（十二首）與姜夔詞（十七首）中兼具陽剛及陰柔之風的作品，以章法風格的理論分析其內在陽剛、陰柔的動向，並與學者之風格述評互相闡發，期爲風格鑑賞尋得一個有理可說的途徑。《東坡樂府》共收錄蘇軾詞三百餘首，《姜白石詞》共收錄姜夔詞百餘首，本論文所擇取的蘇軾詞與姜夔詞共一○一首，其取捨標準乃根據古今學者的述評內容，凡有涉及風格之評者則取之，無關風格之評論者則捨之，在此一併說明。

第七章爲「章法風格的美感效果」。透過第二、三章的理論建構及第四、五、六章的作品證析，實已完成章法風格體用兼備的理論。本章在此理論體系之上，進一步以「多、二、一（○）」的結構爲基礎，分別從章法風格的「移位、轉位之美」（多）、「調和、對比之美」（二）及「統一、調和之美」（一（○））等三方面，追溯其美學淵源，探索其美感效果，並試圖建立一套完整而細密的風格（美感）鑑賞系統。

第八章爲「結論」。

「章法學」是辭章學中一門方興未艾的學門，在陳滿銘及其研究

團隊的努力耕耘之下,已經獲得豐碩的成果。而「章法風格」理論的提出,代表著章法學體系成熟後的重要里程碑,同時也是從章法學拓展到整體辭章學研究的重要基石。根據以上所列的章節與內容,我們期望可以獲得以下之成果:

一、建立「章法風格」的理論體系

我們期望透過哲學的思辨與歷史的貫串,將「章法風格」的理論推向合乎宇宙自然天理的規律;並透過辭章的實際論證,將此理論落實於所有文學作品的風格鑑賞之上,建立一個完整的「章法風格」之理論體系。

二、確認「章法風格」的美感效果

文學欣賞是藝術鑑賞中的一環,因此尋求其美感效果也是文學欣賞中的重點。「章法風格」既以鑑賞辭章爲最大目標,當然更須確認其美感效果,我們更期望透過「章法風格」之美的追求,建立一個求眞、求善與求美的辭章鑑賞原則。

三、提供辭章風格研究的具體方向

自古學者對於辭章風格的論述,雖能深中辭章的意象與情理,卻總是來自直覺,而流於主觀。我們期望透過「章法風格」具有邏輯思維的分析方式,爲文學作品尋得其內在邏輯思維與形象思維的脈絡,提供一個客觀、具體的風格研究方向。

四、貫通「章法學」與「風格學」的脈絡

「章法學」與「風格學」是辭章學中的兩大重要領域,透過「章法風格」的理論建構與作品實證,我們期望能夠貫通兩大領域的形式與內容,並推溯其共通的本質與根源,爲辭章學研究開拓另一個寬廣而客觀的道路。

第二章　章法與風格概說

　　「章法風格」的理論，涉及章法學與風格學兩大領域，而章法的對比性與調和性，相應於風格的陽剛與陰柔，兩者之間卻具有密切的關聯。歐陽周、顧建華、宋凡聖等合編的《美學新編》曾經提到：

　　　　多樣與統一，一般表現爲兩種基本型態：一是對比，二是調和。對比指的是具有顯著差異的形式因素的對立統一。……這種對立因素的統一，可收到相反相成、相得益彰的效果。……由對立因素的統一所造成的形式美，一般屬於陽剛之美。……調和，指的是沒有顯著差異的形式因素之間的對立統一。它只有量的區別，是一種漸變的協調，並不構成強烈的對比。……由非對立因素的統一造成的形式美，一般屬於陰柔之美。〔註1〕

由此可知，任何對比的型態，如色彩的濃與淡、光線的明與暗、體積的大與小、聲音的強與弱、重量的輕與重，彼此之間的落差極大，很容易造成陽剛的美感；而調和的型態，如色彩中紅與澄、澄與黃、黃與綠、綠與藍、藍與青、青與紫、紫與紅，皆爲漸進的顏色，這種漸進的型態給人一種寧靜、融合之感，故容易形成陰柔之美感。進一步落到章法來說，以陰陽二元爲基礎所形成的各種章法，有些具備對比

〔註 1〕　見歐陽周、顧建華、宋凡聖等《美學新編》(杭州：浙江大學出版社，
　　　　2001 年 5 月第 1 版九刷)，頁 81。

的質性，便可造成陽剛之美；有些具備調和的質性，則造成陰柔之美。仇小屛針對章法的對比與調和曾說：

> （章法）造成最明顯、最大美感的，還是「對比」與「調和」兩種型態。因爲「對比」會形成極大的反差，因此有強健、闊達、華美之感，所以趨向於「陽剛」；而「調和」則因質性之相近，產生優美、融洽、鎮靜、深沈等情緒，因此自然趨向於「陰柔」。〔註2〕

因此，章法的「對比」與「調和」，相應於風格的「陽剛」與「陰柔」，在心理學或美學的角度來說，應具有很高的同質性。所以，想要探究「章法風格」的理論，首先就必須確立章法與風格之間的關聯。本章將以「對比」與「調和」爲基準，闡述各種章法結構的質性；其次辨明各種風格品類，並從哲學的角度確立風格的兩大趨向（陽剛與陰柔），進而找出與章法密切相關的風格類型。

第一節　章法類型概說——以對比性與調和性爲基準

　　所謂章法，是指篇章的邏輯條理或結構〔註3〕。目前已經發現的章法約有四十餘種，基本上可以概括爲「對比性章法」、「調和性章法」及「中性（對比兼調和）章法」三大類型。在辭章當中，對比性章法所組織的內容材料，彼此之間會呈現對比的關係，如正反法、抑揚法、立破法等；而調和性章法所組織的內容材料，則呈現調和的關係，如因果法、賓主法、知覺轉換法等；至於中性章法所組織的內容材料，並不是絕對形成對比或調和的關係，而是必須檢視個別辭章的內容才足以判定，如今昔法、遠近法、圖底法等。〔註4〕根據這些概念，則

〔註2〕見仇小屛《古典詩詞時空設計美學》（臺北：文津出版社，2002 年
　　　　12 月初版），頁 329。
〔註3〕見陳滿銘〈論章法的哲學基礎〉（臺北：台灣師範大學《國文學報》
　　　　第 32 期，2002.12），頁 87～126
〔註4〕參見仇小屛〈論章法的對比與調和之美〉（《修辭論叢》第四輯，臺
　　　　北：洪葉文化公司，2002.6），頁 118～147。

各種章法將可歸入三大類型如下（註5）：

總　類		章　法　類　型
對比章法	同　一　事　物	立破法、抑揚法、縱收法
	不　同　事　物	正反法
	皆　　可	張弛法
調和章法	同　一　事　物	本末法、淺深法、泛具法、凡目法、因果法、平側法、點染法、偏全法
	不　同　事　物	賓主法、並列法、情景法、論敘法
	皆　　可	知覺轉換法
中性章法	圖底類　時間類	今昔法、久暫法、問答法
	圖底類　空間類	遠近法、內外法、左右法、大小法、高低法、視角轉換法
	圖底類　虛實類	空間的虛實法、時間的虛實法、假設與事實法
	圖底類　其　他	詳略法、天人法、眾寡法、圖底法
	其　他	敲擊法、狀態變化法

本節將針對兩家詞所出現的章法，運用心理學或美學上的理論，探究每一種章法之對比或調和的質性，期能尋出與風格之剛柔相關的心理基礎。

一、對比性的章法

　　任何反差極大的事物或概念並列在一起，都可能形成對比。對比性的章法就是運用反差極大的材料來組織辭章的。有的針對同一事物，從兩種完全相反的角度來論述，最常見的如「立破法」、「抑揚法」即是；有的則提出兩種相反的事物做對比，如「正反法」即是。以下即說明這幾種章法的定義及其心理基礎與美感。

〔註5〕　本表根據仇小屏的說法修改而成，參見陳滿銘《章法學綜論》（臺北：萬卷樓，2003年6月初版），頁458。

（一）同一事物

1. 立破法

所謂「立」就是提出論點或概念，「破」就是駁斥或顛覆，「立破法」就是針對同一事物，運用立、破的方式使其形成針鋒相對的態勢，繼而使欲探討的主題更加是非分明的一種章法。〔註6〕

從心理學的角度來看，「創生」與「破壞」是存在於人性中的兩大範疇。佛洛伊德在晚期修正的本能理論中，將自衛、求生的本能與性本能合稱爲「生的本能」；又提出與其相對的「死的本能」。「生的本能」是一種表現個體生命發展和愛欲的本能力量，它代表著潛伏在生命中一種進取性、創造性的活力。「死的本能」則是以破壞爲目的的攻擊本能，它的終極目的就是從生命狀態回復或倒退到無機物的狀態。人的攻擊本能既投向外界，表現爲攻擊性、挑叛性，也轉向自身，成爲性虐待狂和被虐狂、自我懲罰、自我毀滅的根源。〔註7〕

從人類文明發展的歷史軌跡來看，也是一個顛覆與重建的過程。後現代理論的興起，即印證了這一過程的存在。毛崇杰說：

> 人在不同歷史階段都不免要對其自身及其所創造的文明進行一番重新審視。後現代便是我們身處並將走出的一個歷史過渡階段。這一階段由於歷史運動的方向性與目的性被取消（反線性歷史、反目的論），價值體系處於新的顛覆語境中。後現代的「過渡性」即從「建構—結構—解構—解構之解構—再建構」這樣一個總體式邏輯關係來看「後現代性」。這也意味著價值體系的顛覆與重建。〔註8〕

在人類心理中既存在著「創生」與「破壞」等性格，而人類文明發展

〔註6〕 參見仇小屛《篇章結構類型論》（下）（臺北：萬卷樓，2000 年 2 月初版），頁 438。又見陳滿銘《章法學綜論》，頁29。

〔註7〕 參見朱立元、張德興《西方美學通史・二十世紀美學（上）》之第八章「精神分析學美學」，頁 267～268。

〔註8〕 見毛崇杰《顛覆與重建——後批評中的價值體系》（北京：社會科學文獻出版社，2002 年 5 月第 1 版），頁 1。

又是一個「顛覆」與「重建」的過程，其反映在文藝創作中，當然會運用「建立─破壞」的二元對立邏輯來架構辭章。章法中的「立破法」就是在此心理學與哲學的基礎中成立。

「立破法」中的「立」通常是積非成是的觀念或爲習以爲常的成見，這是「心理的惰性」所造成的，而「破」就是「以異常的材料組接向心理的惰性挑戰，啓迪思維的昇華」〔註9〕，這種挑戰可能顛覆讀者既有的思維，使辭章呈現耳目一新的感染力。「立」與「破」之間會形成「質地張而弓矢至」的關係，「破」對「立」的挑戰，如同打蛇捏住七寸予以致命一擊，從而產生「淋漓暢快」的美感效果。「立破法」之「針鋒相對」的質性，使其較「正反法」更有醒目、活躍的效果，其「對比」的特色是更爲強烈的。因此，對於辭章的「陽剛」之氣必然造成極大的影響。

2. 抑揚法

「抑」指的是負面的貶抑或壓制，而「揚」則是正面的讚揚或推崇。凡針對同一事物，運用貶抑與讚揚的角度來闡述，使兩者之間產生對比與烘襯，進而凸顯出褒貶的態度，就是「抑揚法」。〔註10〕

「抑揚法」的心理基礎同樣可以從「挑戰人類心理的惰性」上著眼，而其挑戰的焦點就在破除人性中的「暈輪」作用。錢谷融、魯樞元引用克特・W・巴克的《社會心理學》對「暈輪」作用解釋說：

> 現實生活中似乎相當獨立的特性，在人們相互評價時卻密切地聯繫在一起。……如果一個人或物被賦予了一個肯定的或社會上喜歡的特徵，那麼他就很可能還被賦予許多其他特徵。這種識覺上的偏差已被恰如其分地稱作「暈輪效果」。使我們感到最不公平的是，有一些人在商業界、藝術界、學術界或者政界的成功並不是因爲它們有高超的技藝，而是它們有吸引人的外貌，良好的「社會背景」，他

〔註 9〕見錢谷融、魯樞元《文學心理學》（臺北：新學識文教中心，1990年9月臺初版），頁221。
〔註10〕參見仇小屏《篇章結構類型論》（下），頁460。

們的微笑或迷人的姿態。在這裡，暈輪效果可以起很大作
用：那些被人認爲是有好的、好交際的人也更可能被認爲
靈巧、聰明、有創造性，因而就得到獎賞。〔註11〕

人們往往容易相信「外表迷人的人通常也是聰明的」，或相信「不誠
實的人通常也是不善於體諒人」。而事實上這些特徵應該是各自獨立
的，卻由於心理上的「暈輪」作用，致使這些評價變得密切相關。「抑
揚法」的形成，即在破除人性之「暈輪」的惰性。對於文學作品中人
格的塑造或事物的評價，作者運用「欲抑而先揚」或「欲揚而先抑」
的筆法，就是在打破人們習慣的社會知覺方式，使讀者從貶抑與頌揚
兩種角度的對比，凸顯出人物的性格或事物的價值。由於讀者可能在
短時間內接收兩種截然不同的訊息，必然會產生兩極的情緒反應，這
兩極情緒來自於「抑」與「揚」的衝突矛盾，在心理上就會形成極大
的張力。這種張力相應於辭章的波瀾起伏，便產生所謂「抑揚頓挫」
的美感效果。

（二）不同事物

正反法

所謂「正反」法就是把兩種差異極大的材料並列起來，形成強烈
的對比，並藉由反面材料來襯托正面材料，以強化主旨之說服力的一
種章法。〔註12〕它和修辭學上「映襯」格的作用相似，只是映襯格屬
於字句鍛鍊，而正反法屬於篇章修飾，兩者的適用範圍有大小之別。

「映襯」的普遍定義，就是在語文中把不同的，特別是相反的觀
念或事實對列起來，兩相比較，從而使語氣增強、意義明顯的一種表
現方式。〔註13〕其心理基礎相通於任何藝術形式，所以也可用來詮釋

〔註11〕見錢谷融、魯樞元《文學心理學》，頁217。

〔註12〕參見仇小屏《篇章結構類型論》（下），頁 406。又見陳滿銘《章法
學綜論》，頁28。

〔註13〕參見黃慶萱《修辭學》（臺北：三民書局，2002 年 10 月增定三版一
刷），頁 287。

「正反」章法。從客觀因素的角度來説，「映襯」手法的形成，來自於人性內在和宇宙內在既有的矛盾。在複雜的人性當中，理性與感性、熱衷與冷漠、快樂與痛苦、興奮與沮喪、勇敢與膽怯、進取與墮落、節制與慾望、驕傲與謙虛等互相矛盾的人格，常在同一時空錯雜於人性之中，令人無法分判。而我們所處的世界也處處充滿了對立與矛盾，如天氣的變化，時而春和景明，時而風雨如晦；大海的景致，時而風平浪靜，時而驚濤駭浪；我們面對人性及宇宙自然的善變、矛盾，當然不會無動於衷。

因此，從主觀因素來説，這些反差極大的矛盾，是有可能在人的心理上產生「鏈式反映」，而「對映式」的聯想就是鏈式反映中最為常見的。張紅雨針對這種「對映式的鏈式反映」曾分析説：

> 寫作主體面對審美對象還會出現一種逆態心理，感到激情物美得突出和鮮明，常常會想到與激情物相對立的其他型態。高與低、大與小、快與慢、美與醜等等都是相對而言的，在人們的腦海之中都有一個模糊標準，這個標準是長期審美經驗沈澱、積累得出的結果。所以當審美對象以它特有的姿態作用於審美主體的時候，在腦海中立刻浮現出與之對映的許多新型態來同審美對象比較、衡量，使審美對象的特點更為突出，姿態更優美，從而成為激情物，引起人們的審美衝動，產生美感。〔註14〕

這裡同時從心理學和美學的角度分析了人類心理對反差事物的感應與儲存，也強調人類具有「對映聯想」的本能與衝動，這就是產生對比性美感的原動力。

在客觀因素中，人性與宇宙既存在著對立與矛盾；而主觀上，人類心理又能充分感知這些對立矛盾，當然會反映在文學作品當中。所以，「正反」章法之所以普遍存在於各類辭章，是可以被理解的。它所形成的對比質性，對於整體辭章的陽剛美感有一定的影響。

〔註14〕見張紅雨《寫作美學》（高雄：麗文文化，1996 年 10 月初版），頁128。

二、調和性的章法

　　將兩種極相近的事物並列在一起，由於其差異性極微，就容易形成調和。調和性的章法就是運用差異極微的材料來組織文章的。有的章法針對同一事物，以性質相近的兩種角度來論述，如「本末法」、「因果法」、「點染法」即是；有的章法從不同的兩種事物，闡述其相近的關係，如「賓主法」、「情景法」、「論敘法」即是；至於有些章法可從同一事物切入，也可從不同事物來闡釋其關係，如「知覺轉換法」即是。茲以這三種類型為綱，論述重要章法的心理基礎與美感效果如下：

（一）同一事物

1. 本末法

　　所謂「本」，指的是事物發展的開端或源頭；「末」則為事物發展的末節。「本末法」就是將一事件或道理，循序漸進地敘述或從末節逆溯至源頭的一種章法。〔註15〕循序漸進地敘述會形成順向的「由本而末」結構，而從末節逆溯至源頭則形成逆向的「由末而本」結構。

　　宇宙自然事物的演化，本來就包含「原始」與「終末」兩種過程，如植物從根部的發芽、主幹的茁壯到枝葉的開花結果；動物從初生、成長、衰老到死亡，都是一個循序漸進的過程。再從心理學的角度來說，人類的邏輯思維是一種「受控制有方向的神經活動」〔註16〕，「本末法」之「循序漸進」的特性，正好滿足了人類的邏輯思維，於是神經活動因為省力而產生快感。可見「本末法」合乎了自然的規律，也滿足了心理邏輯的需要，其形成「秩序」、「規律」的美感也相當明顯。張紅雨說：

　　　　結構文章的一大規律，就是要有始有終，有頭有尾，

〔註15〕參見仇小屏《篇章結構類型論》（上），頁181。
〔註16〕見黃慶萱《修辭學》，頁487。

而且是循序漸進的。這是合乎人們美感情緒發生、發展和
回收規律的。這裡不僅有著循序美、發展美，還有著合乎
客觀事物的發展規律美。〔註17〕

本末法中的「由本而末」結構，具備了「有始有終」、「循序漸進」的
特性，當然也會使辭章展現「循序美」、「發展美」與「發展規律美」。
除此之外，「由末而本」、「本末本」、「末本末」等變型的結構，雖然
屬於變化的類型，但其本身仍有條理可循，基本上與「循序」、「規律」
的美感是不相衝突的。

　　整體而言，本末法的「循序漸進」是達成和諧統一的因素之一，
以「本末法」來架構辭章，當然容易形成調和的美感，對於辭章「陰
柔」的風趣也造成一定的影響。

2. 淺深法

　　所謂「淺深法」就是使辭章的意境有淺有深，因而形成層次的一
種章法。〔註18〕而此意境通常指思理或情感的淺深而言。

　　「淺深法」與「本末法」同樣具備循序漸進的特質，而循序漸進
也是形成和諧整齊之美感的形式之一，因爲「人們的美感情緒波動總
是由淺入深，由小及大的。這是一般人的常規審美型態。」〔註19〕可
見美感的情緒波動可作爲詮釋淺深法的心理基礎。張紅雨解釋說：

人有思想情感，其情緒是經常變化的。……人們生活
在客觀世界裡，每時每刻都受到不同色調、不同音響、不
同狀態及不同性質的事件的刺激和觸動，情緒總是隨之做
出相應的反映。這種美感情緒總是從不同空間涉獵到不同
的激情物而爲之波動。這便形成了人的美感情緒的跳躍和
轉換這一特點。以這種美感情緒波動的特點去結構文章也
是常用的一種方式。〔註20〕

〔註17〕　張紅雨《寫作美學》，頁 245。
〔註18〕　參見仇小屛《篇章結構類型論》（上），頁 200。
〔註19〕　張紅雨《寫作美學》，頁 236。
〔註20〕　張紅雨《寫作美學》，頁 238。

運用美感的情緒波動去結構文章，會使文章順應著這一波動的規律而產生縱橫詭變之貌，可見寫作中的跳躍轉換對文章的重要影響和創新出巧的作用。「淺深法」基於循序漸進的特性，運用了跳躍轉換的方式使辭章產生了波動與變化。曹冕的《修辭學》說：

> 文章最忌平直，如逐段意有淺深，文勢疊層而上，有波瀾起伏之觀。〔註21〕

這裡不僅強調「淺深法」所呈現的變化之美，其所謂「文勢疊層而上」更說明了此一章法之規律性與條理美，其「調和」的風趣仍是顯而易見的。

3. 泛具法

所謂「泛具法」，就是將泛括的敘寫與具體的敘寫結合在同一篇章的一種章法。〔註22〕它本來涵蓋「凡目」、「情景」、「論敘」、「虛實」等章法，然而「凡目」、「情景」、「論敘」、「虛實」等章法十分常見，故必須抽離獨立，所以泛具法乃專指「事」與「情」、「景」與「理」的敘述型態。

「情」、「理」皆屬抽象，而「景」、「事」屬具象，抽象與具象本來就並存於人類的心理當中。蔣孔陽針對兩者分析說：

> 具象性與抽象性，本來是人類心理結構中一對既矛盾而又統一的範疇。它們不是絕對地相互排斥，而是相反相成。我們認識客觀現實，有形象的方式，也有概念的方式。這兩種方式固然各有其特殊的規律，特殊的功能，但它們都統一於人的內心的結構中。

「抽象」與「具象」既是相反相成的兩個範疇，其同時出現在辭章當中，一方面各形成抽象美與具象美，另一方面也因為互相適應而形成調和的美感。所以說：

> 具象性與抽象性相結合，可以在內心中引起豐富的想

〔註21〕見曹冕《修辭學》（上海：商務印書館，1943年出版），頁97。
〔註22〕參見陳滿銘《章法學綜論》，頁25。

像，從而有助於審美意境的創造。審美意境的創造，一方
面必須要有具象性的形象，另一方面則須這一形象能引起
豐富的想像使我們「登山則情滿於山，觀海則意溢於海」。
因此，審美意境是和想像分不開的。想像的特點，就是能
在內心中把具象性的形象與抽象性的概念統一起來，使本
來沒有生命和情感的東西具有生命和情感，使本來只事物
質性的東西能夠和抽象的概念掛起鉤來，從而從有限的天
地走向無限的聯想，從樸實的大地向著天空飛翔。〔註23〕

美感經驗固然來自於具體的「形象的直覺」，但是抽象性的思維確有
凸顯、強化具象的作用，更能將審美的意象提升到更高的層次，兩者
之間的矛盾非但不會破壞心理結構的和諧，反而有助於和諧的提升。
因此，泛具法所營造的美感是深具「柔和」之美的。

4. 凡目法

　　「凡」是總括，「目」是條分，「凡目法」就是辭章中針對同一事
物，運用「總括」與「條分」來組織篇章的一種章法。〔註24〕

　　凡目法的形成，基本上是運用了邏輯學上「歸納」與「演繹」的
思維。演繹法在西方傳統哲學中被廣泛地運用，而歸納法對於自然科
學的發展相當重要，兩種思維方式同時運用了人類心理上的理智與感
官等兩種官能。錢志純在解說歸納與演繹的定義時提到：

　　　　吾人用以求知的官能有二，即理智與感官，二者不可偏
廢。理智沒有經驗與件，則其推論沒有根據；同樣，經驗與
件，康德稱之為知識的塵粒，如果沒有理智來統一，則永遠
不能成為科學。由是吾人用以推論的二方法，即演繹與歸
納，實有互相輔助之效。演繹是由普通原則，推知局部事例；
歸納是由局部事例，推知普遍原則之存在。〔註25〕

〔註23〕見蔣孔陽《美學新論》（北京：人民文學出版社，1995 年 9 月第 1
　　　　版二刷），頁 324、325。
〔註24〕參見仇小屏《篇章結構類型論》（下），頁 342。又見陳滿銘《章法
　　　　學綜論》，頁 27。
〔註25〕見錢志純《理則學》（臺北：輔仁大學出版社，1986 年 7 月三版），

理智的官能感知到「普遍原則」的存在，而感官所感知則爲「局部事例」。歸納與演繹就是運用這兩種心理成爲近代哲學與科學的重要法則。落到辭章章法上的運用來說，演繹式的思維會形成「先凡後目」的結構，歸納式的思維會形成「先目後凡」的結構，至於「凡、目、凡」與「目、凡、目」的結構則是綜合運用了歸納與演繹的方式而形成的。

　　從美學的角度來看，「總括」具有抽象的質性，「條分」則具備具象性，其融合抽象與具象所形成的美感與「泛具法」相同，所不同的是「凡目法」中的「條分」呈現了更多條理清晰的美感。此外，「凡、目、凡」與「目、凡、目」的結構，以「總括」或「條分」分呈於辭章的首尾，其所形成的「對稱」、「均衡」之美也是相當明顯的。整體而言，「凡目法」形成了的調和、統一的美感，與風格的「陰柔之美」是相當契合的。

5. 因果法

　　凡運用「因爲……所以」或由「所以」逆溯「因爲」的思維，以架構辭章的方式，就是「因果法」。〔註26〕在人類的邏輯思維當中，「因果邏輯」是最原始、也是最普遍的思維模式。陳波在《邏輯學是什麼》一書中提到：

> 因果聯繫是世界萬物之間普遍聯繫的一個方面，也許是最重要的方面。一個（或一些）現象的產生會引起或影響到另一個（或一些）現象的產生。前者是後者的原因，後者就是前者的結果。科學的一個重要任務就是要把握事物之間的因果聯繫，以便掌握事物發生、發展的規律。〔註27〕

可見因果邏輯可以運用於自然科學的研究，幫助人類從事組織、預測與控制環境的探索，同時也適應於人文社會科學的推理。以文學的層

頁 128。

〔註26〕參見陳滿銘《章法學綜論》，頁 23。

〔註27〕見陳波《邏輯學是什麼》（臺北：五南圖書公司，2002 年 5 月初版），頁 167。

面來說，「因果」邏輯也被廣泛地運用在作者的創作構思之中。邏輯上的歸納推理，有許多是建立在因果邏輯之上的。曹冕的《修辭學》曾明確指出因果律的特色說：

> 宇宙所有現象或事實，並非偶然而生，必有其所以然
> 之理；理一則現象事實亦一，原因同則結果亦同，論理學
> 家謂之因果律。吾人據因果律以求事物所以然之理，其推
> 論自健全可靠。〔註28〕

人類就是遵循著宇宙因果的規律。而劉雨更明白指出：

> 從文章本身來看，結構的形成過程顯然受邏輯的因果
> 關係的支配，也就是說，一種邏輯的因果規律在無形中制
> 約著作者的整個思考路線。〔註29〕

由此可知，「因果」邏輯是一種普遍而原始的思維，辭章既蘊含邏輯思維，當然免不了受到「因果」邏輯的支配，而「因果」章法來自於這種原始普遍的規律，亦呈現其調和的美感。

6. 點染法

所謂「點」，是指時間或空間的落點，僅用做敘事、寫景、抒情或說理的一個引子、橋樑或收尾；而「染」則是根據此時間或空間的落點所作的鋪敘或渲染，為文章之主體。〔註30〕「點染法」就是針對同一事物，點明時空落點並加以鋪敘的一種章法。「點」與「染」本來是兩種繪畫的基本技法，其移用於章法者，始於劉熙載的《藝概》。然而他所謂的「點染」，乃就情（點）與景（染）而言，實與「情景」章法重疊，在此必須釐清。

「點染法」既延用繪畫技法的觀念，欲探索其心理基礎，則可從中國傳統的繪畫技法著眼。在傳統國畫中有所謂「筆」與「墨」的概念，「筆」的作用在於構線，「墨」的作用在於塗染，「筆」與「墨」

〔註28〕 見曹冕《修辭學》，頁 255。
〔註29〕 見劉雨《寫作心理學》（高雄：麗文文化，1995 年 3 月初版），頁 295。
〔註30〕 此定義參見陳滿銘〈論篇章的「點染」結構〉，《國文天地》203 期，
　　　　2002.4，頁 100。

在國畫中總是相互包含、相互爲用的，即使是舊稱「沒骨畫」的技法，仍是兼具筆墨。宗白華曾針對「沒骨畫」提出說明：

> 「賦彩畫」和「水墨畫」有時即用彩色水墨塗染而成，不用線作輪廓，舊稱「沒骨畫」。應該知道線是點的延長，塊是點的擴大；又該知道點是有體積的，點是力之積，積力成線會使人有「生死剛正」之感，叫做「骨」。……唐宋畫人以爲骨成於筆，不是成於墨與色，因而叫不是由線構成而是由點塊構成的話做「沒骨畫」。不知筆墨是永遠相依爲用的；筆不能離開墨而有筆的用，墨有不能離開筆而有墨的用。筆在墨在，即墨在筆在。筆在骨在，也就是墨在骨在。〔註31〕

國畫中的「沒骨」，大量運用了塗染的技法，其內在仍蘊含著剛正的「骨」，即爲點所積力而成。可知這種技法仍兼具「筆」與「墨」的要素，其言「線是點的延長，塊是點的擴大」、「點是力之積，積力成線會使人有「生死剛正」之感，叫做『骨』」，正與辭章「點染法」的概念相合。而「沒骨畫」以墨彩塗染爲主，隱現內在骨力的美感，也足以詮釋「點染」章法的特色，「筆」與「墨」的相互爲用，正如「點」與「染」的不可分割，其融爲整體的調和性是相當明顯的。

7. 偏全法

「偏」指局部或特例，「全」指整體或通則，而「偏全法」就是針對同一事物，運用其「局部或特例」與「整體或通則」兩相搭配以組織辭章的一種章法。〔註32〕

在「格式塔心理學派」中，對於「環境場」的詮釋，有「格局」（frameworks）與「定位」（localization）關係的理論。其原文的字義，所謂「格局」是一個有組織、有架構的環境，而「定位」則是限於局部的意思，兩者的關係，根據格式塔心理學的原理認爲，沒有穩定的

〔註31〕 見宗白華《美從何處尋》（臺北：駱駝出版社，1987年8月初版），頁26。

〔註32〕 參見陳滿銘《章法學綜論》，頁31。

格局，就沒有穩定的定位，這是空間知覺理論最為基本的原則。〔註33〕換句話說，根據局部的點或線所架構的知覺空間是不確定且毫無效果的，只有提升到整體的「格局」以瞭解其全面，才可以確知局部點或線的定位。這種空間知覺的關係可以透過視覺、聽覺等感官知覺獲得印證，當然也能延伸至事理層面的局部與整體的關係。

　　格式塔心理學派強調「定位」（偏）對於「格局」（全）的依賴關係，但是我們必須知道，局部「定位」的探索，仍具有凸顯整體「格局」之結構性的積極功能，兩者在知覺空間理論，甚至是抽象事理中是極為密切的，由此可知，「偏全法」衍用格式塔心理學的「定位」與「格局」的理論，所形成的美感亦極具調和的特質。

（二）不同事物

1. 賓主法

　　所謂「賓主法」就是運用輔助材料（賓）來凸顯核心材料（主），達到「借賓形主」的效果，從而有力地傳達辭章主旨的一種章法。〔註34〕

　　「賓主法」與「正反法」都是運用襯托的作用來凸顯主旨的章法，所不同的是，「賓主法」所運用的輔助材料可能是正面，也可能是反面；且材料的數量可以多種，其「眾賓托主」的形式與「正反法」只有正反對立的形式有所差別。儘管兩種章法頗有差異，其心理基礎都是來自於「美感的鏈式反映」，其中「神似式的鏈式反映」可用來詮釋「賓主法」的心理結構，張紅雨說：

> 寫作主體對引起情緒波動而產生美感的激情物，不僅是觀賞它的外型，更多地是它的神韻，從神態上想到許多神似的內容。〔註35〕

〔註33〕參見庫爾特・考夫卡《格式塔心理學原理》（臺北：昭明出版社，2000年7月第1版），頁337～344。

〔註34〕參見仇小屏《篇章結構類型論》（下），頁374。又見陳滿銘《章法學綜論》，頁28。

〔註35〕見張紅雨《寫作美學》，頁125。

如果將此鏈式反映落到文學作品來看，寫作主體欲呈現這一激情物時，通常會從其神韻想到更多神似的事物，並藉由神似的事物來凸顯主要激情物，進而與波動的情緒產生連結，傳達出文學作品的核心情理。

「神似式的鏈式反映」原本是以「形象思維」的方式進行的，但是當各種神似的內容與激情物之間有了主客關係的聯繫，寫作主體自然而然會以邏輯思維的方式來組織主、次材料，其所運用的是一種「美感情緒的雙邊跳躍」〔註36〕，主、次材料之間可能跳躍轉換得很頻繁，但是在核心情理（主旨）的貫串之下，使主、次材料各安其位而不致紛亂，從而產生「映襯」的美感。當然，「賓」與「主」皆在爲托出主旨而服務，彼此之間是「調和」的型態，對於整體辭章「柔和」之美感，也有增強的作用。

2. 情景法

「情」指抽象的情感，「景」指具體的景物，「情景法」就是運用具體景物來襯托抽象情感，以強化辭章情味的一種章法。〔註37〕「情景法」原是「虛實法」中的一類，由於在詩文中運用非常廣泛，故必須獨立抽離。

「即景抒情」是文學創作中極爲普遍的方法。劉勰在《文心雕龍‧物色》篇提到：

> 詩人感物，聯類不窮。流連萬象之際，沉吟視聽之區；
> 寫氣圖貌，既隨物以宛轉；屬采附聲，亦與心而徘徊。

所謂「隨物宛轉」、「與心徘徊」，正說明了作家與景物之間的互動關

〔註36〕張紅雨：「所謂美感的雙邊跳躍，就是人們在審美的過程中，在美感情緒發生波動的情況下，總希望要縱觀全局，鳥瞰整體。對某一事件的發展不僅希望瞭解此方，也希望掌握彼方。『知己知彼』這是人們的心理常態，也是審美的一種習慣和反映。」見張紅雨《寫作美學》，頁 241。

〔註37〕參見仇小屏《篇章結構類型論》（上），頁 248。又見陳滿銘《章法學綜論》，頁 24。

係。就寫作心理的角度而言，劉勰認爲從「隨物以宛轉」到「與心
而徘徊」，是詩人從對外在世界的隨順體察，到對內心世界情感印象
步步深入的開掘，體現了從「物理境」（physical situation）深入「心
理場」（psychological）的心理活動規律。「隨物以宛轉」強調詩人對
客觀世界的追隨與順從，也強調物理境是創作的起點與基礎；「與心
而徘徊」則說明了詩人用心去擁抱外物，使物服從於心，進而使心
物交融，所強調的是心理場的效應。〔註38〕然而，物理境與心理場
本是疏離、對峙的，要統合這種對峙與疏離，必須透過「感」的作
用，如同劉勰所言：「人稟七情，應物斯感，感物吟志，莫非自然」
〔註39〕。這種「感」就是面對外物的凝神的體驗，而作家的創作活
動就是「以物我對峙爲起點，以物我交融爲結束」〔註40〕。

　　由此可知，辭章中所呈現的「情景」結構，是經過作者內心的交
融而形諸於文字，必然呈現一種調和的美感。童慶炳援用格式塔心理
學美學〔註41〕所提出的「異質同構」的觀點來詮釋大自然景物與人的
內在情感的關聯，他說：

　　　　物理世界和心理世界的質料是不同的，但其力的結構
　　可以是相同的。當物理世界與心理世界的力的結構相對應
　　而溝通時，那麼就進入到身心和諧、物我同一的境界，人
　　的審美體驗也就由此境界而產生。〔註42〕

〔註38〕參見童慶炳《中國古代心理詩學與美學》（臺北：萬卷樓，1994年8
　　　　月初版），頁3～12。
〔註39〕見《文心雕龍‧明詩》篇。
〔註40〕見王元化《文心雕龍創作論》（上海古籍出版社，1979年第1版），
　　　　頁104。
〔註41〕格式塔心理學美學是二十世紀新興的美學流派，與精神分析美學同
　　　　爲二十世紀影響最大的學派。主要代表人物是美國的魯道夫‧阿恩
　　　　海姆（Rudolf Arnheim，1904～），他的《藝術與視知覺》是公認格
　　　　式塔心理學美學派的代表之作。相關理論可參見《西方美學通史‧
　　　　二十世紀美學》（上海文藝出版社，1999年12月第1版），第六卷，
　　　　第十九章。另可參閱庫爾特‧考夫卡《格式塔心理學原理》。
〔註42〕見童慶炳《中國古代心理詩學與美學》，頁170。

這種物我的同型、契合，雖不盡然是情景交融的境界，卻已說明了主體與客體的互動與調和，如陸機〈文賦〉所云：「遵四時以歎逝，瞻萬物而思紛。悲落葉於勁秋，喜柔條於芳春。心懍懍以懷霜，志眇眇而臨雲」，就是把物理世界與心理世界的種種對應起來，詩人就在這對應與統一之中獲得審美的愉悅。

3. 論敘法

「論」是抽象的議論，「敘」是具體的敘事，「論敘法」即運用議論與敘事來組織篇章，以增強辭章之說服力的章法。〔註43〕

「論敘法」與「泛具法」同樣都是以「抽象─具象」的聯繫為概念所形成的章法，唯「論敘法」在議論文中被廣泛地運用，其心理基礎除了人類固有的「抽象─具象」的矛盾心理之外，更可從「聯想」的心理去探討。我們必須認知，抽象的議論通常是辭章的主體，而具體的敘事只是作為襯托或印證的材料。因此，辭章中無論是「先敘後論」或「先論後敘」的結構，其核心情理通常會出現在「論」的部分，而「敘」則是運用聯想所找出與抽象論理相似或相反的材料。劉雨根據這種思維過程提出了說明，他說：

> 聯想是一種有意識的心理活動，他從本質上是對作者自身經驗的一種審視和重新的組合，是聯想使作者的經驗之間確立了一種新的聯想。這種聯想是在意識中完成的，它不是一種潛意識的活動。……在邏輯類文章的構思中，聯想的目的首先是根據相似或相反的原則，使材料能最大限度地進入作者思考範圍，並在頭腦中明確材料之間的內在聯繫。〔註44〕

可見透過聯想的作用，可以將抽象的議論與具體的事例作一有系統的聯繫，而議論與事例之間或為相似，或為相反，其最大的作用都在增加論理的深度，這種深度的形成就是辭章最大的美感所在。張

〔註43〕 參見仇小屏《篇章結構類型論》（上），頁 268。又見陳滿銘《章法學綜論》，頁 24。
〔註44〕 見劉雨《寫作心理學》，頁 250。

紅雨說：

> 所謂議論，就是把群言眾事組織起來去闡明一個道理。
> 用充實的、準確的論據去揭示一個道理讓人信服，議論文就
> 發揮出它應有的社會效用，同時也就有了審美深度。〔註45〕

「論敘法」被普遍地運用在議論文中，無論是客觀規律的闡發，或客觀真理的揭示，都因爲豐富而準確的論據而變得深刻，辭章的義旨也藉由「論」與「敘」的相從相融而獲得調和、統一的美感。

（三）同一或不同事物皆可

知覺轉換法（通感法）

所謂「知覺轉換法」，就是同時運用各種感官知覺來展現對外界事物之認識的一種章法。通常感官知覺包括視覺、聽覺、味覺、嗅覺、觸覺等，在辭章中各種知覺會形成聯繫，最後匯歸爲「心覺」而獲得內在的統一。〔註46〕

知覺的產生是由客觀的刺激和主觀的反應所構成的。客觀的刺激來自於外界各種光、色、形、聲、氣息和觸等變化的形式，然而，如果沒有主觀意識的反應，這些外界的刺激形式是無法形成知覺的，所謂「視而不見」、「聽而不聞」、「食而不知味」即是如此。因此，對於外界不斷變化的刺激形式，我們是根據本身的需要而做出反應，並選擇適當的信息，才算構成完整的感知作用。〔註47〕由此可知，各種知覺美感的產生，除了感官生理的作用之外，應溯源到心理層面的自由意志，才足以提升至「心覺」的層次。「心覺」的形成來自於各種知覺的聯繫，而知覺的轉換與聯繫，端賴於人類固有之「通感」的本能，蔣孔陽說：

> 人是一個有機的生命整體。各種感覺器官雖有分工，
> 但它們之間並不是相互割裂，互不相通。以爲光線或聲音，

〔註45〕 張紅雨《寫作美學》，頁81～82。
〔註46〕 參考陳滿銘《章法學綜論》，頁22。
〔註47〕 參見蔣孔陽《美學新論》，頁269。

可以單獨地或純粹地被視覺或聽覺所感知，而不和其他方
面的感官發生關係，這是不可能的。……我們平時是在大
腦神經中樞分析器的指揮下，同時發揮各種器官的作用，
相互協作，相互溝通，然後才能生活和工作的。這樣，各
種感官不僅有區別、有分工，它們之間還有協作，還有相
互的影響和相互的溝通，這就是通感。〔註48〕

既以各種知覺的美感來自於自由意志，而知覺與知覺之間也有協作、
溝通的本能，其最終匯歸爲「心覺」而獲得內在的統一則爲必然的結
果，這也是「感官知覺法」最極致的美感效果，而各種知覺的互相協
作與溝通，彼此所融匯出的「調和」質性非常明顯，這種「繁多的統
一」形式是極具「柔和」之美的。

三、中性的章法

所謂「中性章法」是指其所運用的材料可能形成對比的形式，也
可能形成調和的形式，端賴其材料的性質而定。中性的章法以「圖底
類」爲最大宗。其中可用時間概念來分者，如「今昔法」、「久暫法」
等；可用空間概念來分者，如「遠近法」、「高低法」等；而「虛實類」
中，則包括「空間的虛實法」、「時間的虛實法」及「假設與事實法」
三種。至於無法用時、空或虛實概念來涵蓋者則歸入其他類，如「天
人法」、「圖底法」等。此外，無法歸於「圖底類」的章法，則另闢「其
他類」，如「敲擊法」、「狀態變化法」等。茲以這兩大類型爲綱，說
明各種中性章法之心理基礎與美感效果如下：

（一）圖底類

所謂「圖」是指焦點而言，「底」是指背景而言。宇宙間的事物
可以從不同範疇切入而分出其焦點與背景。圖底類的章法就是運用
「背景襯托焦點」的概念而形成的。

以時間來說，過去與未來的時間通常屬於背景，而現在則屬於焦

〔註48〕見蔣孔陽《美學新論》，頁297。

點，所以「今昔法」中的「今」為焦點，「昔」為背景。此外，長的時間通常為背景，而短的時間段落通常為焦點，章法中的「久暫法」即屬此類。

以空間來說，運用長、寬、高等維度空間所構成的「大小法」、「遠近法」、「內外法」、「高低法」及非單一角度所形成的「視角變換法」，皆可能形成背景襯托焦點的關係，其中的「大」、「遠」、「外」、「高」比較容易形成外圍的背景，而「小」、「近」、「內」、「低」通常容易成為核心的焦點，至於「視角變換法」則需落到辭章當中才能確定其圖底。

圖底類與圖底法並不等同，換句話說，「圖底法」只是圖底類章法這一大集合中的小集合而已。在辭章材料的運用關係上，如果我們能以「今昔」、「久暫」、「大小」、「遠近」等其他章法的角度切入者，就歸入「今昔」、「久暫」、「大小」、「遠近」等章法，無法用這些章法切入者，則歸入圖底法。〔註49〕辭章中以圖底法切入的情形非常普遍，所以必須抽離獨立出來。此外，無法用時空概念來統括的「天人」、「眾寡」等章法，也必須獨立出來探討。以下即根據「時間類」、「空間類」及「其他」兩方面來說明圖底類章法的心理基礎與美感。

1. 時間類

此時間類包含「今昔法」、「久暫法」及「問答法」三種。

（1）今昔法

所謂「今昔法」，就是運用時間中的「過去」與「現在」來組織篇章的一種章法。〔註50〕由於今昔的交錯，在辭章結構中會形成「由昔而今」的順敘、「由今而昔」的逆敘、「今→昔→今」及「今昔交迭」等敘述形式。

現實的物理時間具有不間斷性、瞬逝性與不可逆性，而文學作

〔註49〕　參見陳滿銘《章法學綜論》，頁457。
〔註50〕　參見仇小屏《篇章結構類型論》（上），頁18。又見陳滿銘《章法學綜論》，頁18。

品中的時間卻是經過作家的想像對物理時間的重新鍛造。「今昔法」中除了「順敘」仍符合現實的物理時間外，其他「逆敘」、「今→昔→今」及「今昔交迭」的敘述形式則是對時序的重新鍛造。

「由昔而今」的順敘形式是人性美感情緒正常發展的類型，由於它符合現實物理時間的規律，自然形成美感。張紅雨說：

> 順向，是人們的美感情緒正常發展的類型。從時間上看，是從現在走向未來（從過去到現在亦同）；從空間上看，是從地面升向太空；從事件上看，是從發生走向完善；從人物上看，是從幼稚走向成熟；從性質上看，是從簡單走向複雜……這一切都是符合事物本身的自然規律的。合乎規律的東西就是美的，就是真的。在正常的狀態下，人們的思維、人們的美感情緒都是這樣。〔註51〕

可見「由昔而今」的順敘形式所營造的是一種合乎「規律」、合乎「真」的美感。至於文學作品中「由今而昔」、「今→昔→今」及「今昔交迭」的敘述形式，是跳脫現實時空而重新鍛造的「心理時間」，其所營造的美感更為生動。錢谷融、魯樞元針對這種「心理時間」說到：

> 重新鍛造的時序，依據的是心理線索。其目的，從創作角度看，或是為了表現作家對事物各種關係的認識，或是為了描畫作家和人物情緒活動的線路。從欣賞角度看可以避免平鋪直敘所帶來的單調、乏味感，使文學作品呈現一種猶如靈蛇騰霧般的生動活潑的狀貌，給人以美感。〔註52〕

所謂「對事物各種關係的認識」主要是就「因果關係」而言，而「描畫作家和人物情緒活動的線路」則是藉由今昔的錯置，復呈美感情緒波動最激烈、最密集的階段。以「由今而昔」的形式來說，就是先把事物的結果和結局描寫出來，然後再回頭倒敘始末，讓讀者先被結果所動，產生一種企盼知曉的急切心理，這就是美感所在。至於「今→昔→今」及「今昔交迭」的敘述形式，其美感的情緒波動

〔註51〕見張紅雨《寫作美學》，頁350。
〔註52〕見錢谷融、魯樞元《文學心理學》，頁196。

具有更大的跳躍性，於是作品中就出現忽而事由、忽而發展、忽而從前、忽而現在的現象，甚至出現時間的旁流和擴充，如此營造出的美感是更為激烈的，所謂「呈現一種猶如靈蛇騰霧般的生動活潑的狀貌」即指此種美感。

　　「今昔法」所運用的「過去」與「現在」的材料，彼此之間可能是盛衰、正反或抑揚的對比關係，也可能是因果、本末的調和關係，所以運用在辭章中，影響偏陽剛或偏陰柔的風趣皆有可能，端賴材料本身的性質而定，所以它是一種中性的章法。

（2）久暫法

　　所謂「久暫法」就是針對文學作品中的長、短時間作適當安排的一種章法。〔註53〕它與「今昔法」同樣都是運用「心理時間」以對現實時間重新鍛造。從物理時間來看，一小時就是六十分鐘，不會因為任何因素而有所增減，這是屬於客觀時值。然而人對於時值的感知卻帶有主觀性，也就是說，同一段時間，不同的人、不同的景物，其所感知的時間可能是長短不一的。如「一日三秋」、「光陰似箭」即是主觀感知中的時值。這種主觀時值反映在文學作品當中，會帶出一種特殊的美感。錢谷融、魯樞元說：

> 時間的拉長和縮短可以給予讀者特殊的感覺。縮短的時間似乎是遙遠的過去，哪怕事實上是剛剛發生。拉長的時間好像就在眼前，哪怕事實上是在幾十年以至幾百年之前。因為寫得具體、翔實，給人生動、真切之感，猶如親眼目睹一般。〔註54〕

這裡說明了主觀時值的伸縮，是可能影響意象的清晰或模糊的。可見這種差距可以帶給讀者不同的感受：藉由時值的差距，時間的拉長營造了清晰的意象，滿足了人類心理上追求現實的慾望，成為求真、求

〔註53〕 參見仇小屏《篇章結構類型論》（上），頁44。又見陳滿銘《章法學綜論》，頁18。
〔註54〕 見錢谷融、魯樞元《文學心理學》，頁198。

美的泉源；而時間的縮短所造成模糊的意象，則符合了人性逃避現實的心理，可能營造出朦朧之美。

「久暫法」落於辭章當中，最常以「由久而暫」及「由暫而久」的結構出現。根據上述對時值重新鍛造的美感效果，可以見出這兩種結構類型所形成的效果。黃永武在《中國詩學—設計篇》一書中針對這兩種表現技巧提出其特色，以「由久而暫」而言，他說：

> 在一首詩的直線進行中，有時由冗長而漸短，愈到詩的結尾愈急促，終至忽然截斷。在情感上會引起意有未盡、戛然收束的趣味。

至於針對「由暫而久」的類型，他又提到：

> 一首詩中各句代表的時間長度不一樣，在起首很急促，繼而稍緩，愈到詩的結尾愈漫長，由一段有限的時間，漸趨悠長，乃至面向時間的無限性，就時間內涵來說，是愈來愈拉長，在讀者的情緒上也便引起一種悠然不盡的遠韻，容易產生餘音裊裊。〔註55〕

「由久而暫」的結構類型所營造的是「從清晰而趨於模糊」的意象，與所謂「意有未盡、戛然收束的趣味」是一致的；而「由暫而久」的結構類型所營造的是「從模糊而趨於清晰」的意象，那確實會產生「一種悠然不盡的遠韻」。整體而言，這兩種美感可能因爲縮短時間所產生的緊迫性與悠長的意象形成對比，也可能由於強化悠遠的意境使辭章趨於調和，其對於整體風格的影響，仍須視內容而定。

（3）問答法

所謂「問答法」就是藉由「問」與「答」的方式以組織辭章的一種章法。〔註56〕由於一問一答的往復，會形成時間的流動，而且在辭章中，「問」通常具有烘托、凸顯「答」的作用，故歸於圖底類的時

〔註55〕見黃永武《中國詩學——設計篇》（臺北：巨流圖書公司，1999 年 9 月初版 12 印），頁 44、46。

〔註56〕參見仇小屏《篇章結構類型論》（下），頁 485。又見陳滿銘《章法學綜論》，頁 29。

間性章法。

　　「問答法」與「設問」修辭有相似之處，其最大的不同僅在於一爲章法，一爲修辭，而兩者在心理基礎上是可以相通的。根據黃慶萱《修辭學》的說法，「設問」修辭的形成，源自於語言乃傳達意念的媒介，本具有「刺激」與「反應」之雙重屬性。〔註57〕我們援用於「問答」章法，則「問」歸爲「刺激」屬性，「答」歸爲「反應」屬性，應是非常合理的。

　　「設問」修辭分爲「內心確有疑問」的「疑問法」與「內心已有定見」的「激問法」及「提問法」。從學習心理學的觀點來說，疑問是人類好奇心的表現，也是人類心智趨於成熟，及獲得知識的重要手段，這是「疑問法」的心理根源；至於心中有所定見的設問（包含「激問法」與「提問法」），更是充分運用了「問」的「刺激」屬性，其作用在設法挑起別人心中的疑惑，進而尋求疑惑的解決。綜而言之，「設問」修辭所使用的疑問句，相較於判斷句與直述句，更能引起對方的注意，可在平淡的語勢中增加波瀾起伏的效果。

　　從章法結構來說，在「問答法」所形成的「一問一答」、「一問數答」、「數問一答」及「連問不答」等結構類型中，「一問一答」、「一問數答」及「數問一答」皆與「提問」修辭的結構相似，在心理基礎及其所形成的美感也應相似；至於「連問不答」的結構在心理上可能是確有疑問的心態，也可能是早有定見而爲激發本意而問的心態，兩者在行文中都沒有具體答案，因此會造成一種「懸宕」的美感效果。由於其連續設問的模式，還可能強烈震撼讀者的心靈，使語文呈現猛烈的氣勢。問答法奠基於「刺激—反應」的二元對待，兩者之間可能是落差極大的對應，也可能是差異極小的關係，除了視辭章的內容之外，上述的結構類型也是使這章法趨於對比或調和的重要因素。

〔註57〕參見黃慶萱《修辭學》，頁35。

2. 空間類

空間類章法包含「遠近法」、「內外法」、「左右法」、「高低法」、「大小法」、「視角變換法」、等。其中「視角變換法」乃融合「遠近」、「高低」、「內外」、「大小」的變化而成，可見空間類的章法有其共性，都是藉由視覺所形成的空間變化，其差別只是視角的不同而已。

（1）遠近法

所謂「遠近法」就是將空間中遠、近的變化記錄下來的一種章法。〔註58〕「遠近」與距離有關，基於人類視覺的極限，極遠的距離無法呈現意象，然而攝影鏡頭的發明補足了這項缺憾。視覺中的遠近變化就可以通過鏡頭的伸縮、變焦等作用而呈現出來。

攝影鏡頭所營造的空間，突破了傳統視覺的極限，正謀合了文學作品中「心理空間」的要求。這種相對於物理空間的主觀感知，可以對現實的物理空間任意地延展或緊縮，「由近及遠」的空間變化，會因為遠方模糊的景物與近處清晰的景物形成對比而產生「漸層」的美感〔註59〕；而「由遠及近」的空間變化，由於將景物拉近而造成焦點，所以除了本來「延展」的效果之外，更具有「突出」的美感。至於「遠近往返」的空間變化，那就融合了上述「漸層」、「延展」、「突出」等效果，而且是更為強烈的。「遠近遊目」本來就是中國審美觀照的典型方式之一，相較於西方人的審美最終要歸結到一個類似於由取景框所範圍的景色上，人的目光形成一個焦點向景物直直地放射而去，是有所差別的。〔註60〕由於「遠近往返」的節奏與中國宇宙的循環節奏相符，由此可知「遠近法」不僅掌握了現實空間的美感，更足以擴而

〔註58〕 參見仇小屏《篇章結構類型論》（上），頁 53。又見陳滿銘《章法學綜論》，頁 19。

〔註59〕 劉思量：「愈遠之事物愈模糊，而與近物之清晰形成對比而產生漸層。」見《藝術心理學》（臺北：藝術家出版社，1992 年元月二版），頁 183。

〔註60〕 參見張法《中西美學與文化精神》（臺北：淑馨出版社，1998 年 10 月初版），頁 322～325。

充之，與中國的宇宙氣論相合，發揮其調和的極致之美。

（2）內外法

　　所謂「內外法」就是將文學作品中所出現建築物之內、外的空間轉換表現出來的一種章法。〔註61〕「內」與「外」是兩個相對的概念，在人類思維中必須先成立一個「場所（place）」，才可以將「內」、「外」的兩個概念區隔出來。地理學專家瑞爾夫（Edward Relph）曾以「場所」爲基準來說明內、外之概念，他說：

　　　　場所的基本特質在於分離外在之內在創造：「成爲內在
　　是去認識你在哪裡」，這就是安全與危險、宇宙與混沌、封
　　閉與顯露或此處與彼處的差別所在。由外在的觀點，你會
　　像旅人站在處觀察城鎮那般看待一個場所；由內在的觀
　　點，你會經驗到一個場所，被它包圍且成爲它的一部分。
　　所以內在與外在的區分將場所自身表現成一個基本而簡單
　　的二元論。〔註62〕

所謂「場所」，根據諾伯休茲（Christian Norberg～Schulz）的定義，是指「具有物質的本質、形態、質感及顏色的具體的物所組成的一個整體」〔註63〕。由此可知，場所可能是人造的建築物，也可能是自然界中任何一個完整而封閉的空間（如山洞、地穴），由於「場所」的存在，透過「分離外在之內在創造」的過程，自然區隔出場所之內與場所之外的兩個概念。所以，「安全與危險」、「宇宙與混沌」、「封閉與顯露」、「此處與彼處」等區別都是從「內」、「外」的概念延伸出來的，其所謂「基本而簡單的二元論」正與中國「陰陽二元」的哲學不謀而合。

　　因此，以「內外」邏輯來組織辭章是很自然的事。寫作主體記

〔註61〕　參見仇小屏《篇章結構類型論》（上），頁73。又見陳滿銘《章法學
　　　　　綜論》，頁19。
〔註62〕　瑞爾夫（Edward Relph）爲加拿大多倫多大學地理學教授。引文見
　　　　　季鐵男主編《建築現象學導論》，頁154。
〔註63〕　諾伯休茲（Christian Norberg～Schulz）爲建築理論家，挪威奧斯陸
　　　　　大學建築學院教授。引文見季鐵男主編《建築現象學導論》，頁122。

錄內外景物的變化，也常因爲所處環境的差異而產生不同的感受。瑞爾夫提到「外在的觀點」所產生之「置身其外」的超脫感，以及「內在的觀點」所產生之「身在其中」的參與感，皆爲「內外」章法的美感所在。當然，落實在辭章當中的「內→外」、「外→內」、「內→外→內」、「外→內→外」等結構變化，可以形成更深刻的美感。黃永武說：

> 利用動態景物作一內一外的移動，這種律動感，有助於詩中空間深度感覺的形成。〔註64〕

「內外」章法落實於辭章的各種結構，正是「幽深」之美的重要來源。至於「內外法」的質性，則視其內、外景物的差異而定，若兩者所形成的意象反差極大，容易形成對比；若反差極微，則容易形成調和。

（3）左右法

所謂「左右法」就是將空間中左、右移動所造成的橫向變化記錄下來的一種章法。〔註65〕在視覺心理上，這是一種水平的視覺線性運動，由於人類眼球的橫向運動比較合乎生理的慣性，所以「左顧右盼」是我們最習以爲常的視覺移動，也是所有視角變化中最爲穩定、舒適的移動方式。基於這種視覺心理，「左右法」記錄空間的橫向變化最容易營造「對稱」的美感。「對稱」在美學上是一個很重要的概念，它的美感效果來自於自然界固有左右對稱的各種形式。楊辛、甘霖的《美學原理》曾針對「對稱」的美感分析說：

> 「對稱」指以一條線爲中軸，左右（或上下）兩側均等，如人體中眼、耳、手、足都是對稱，但既是左右相向排列，也就出現了方向、位置的差異。古希臘美學家曾指出：「身體美確實在於各部分之間的比例對稱」，不少動物的正常生命狀態也大都如此。……對稱具有較安靜、穩定

〔註64〕見黃永武《中國詩學—設計篇》，頁 62。
〔註65〕參見仇小屏《篇章結構類型論》（上），頁 85。又見陳滿銘《章法學綜論》，頁 20。

的特性。……人所固有的對稱感覺正是由人和動物的對稱
樣式養成的。〔註66〕

這裡所說的人體的左右對稱與視覺的水平運動正相符合，故能產生安
靜、穩定的特性，擴而充之，街樹平列的道路、屋形對稱的廟宇或是
盤曲疊坐的禪姿，也大多能呈現一種靜定幽閑的氣氛。所以，「左右法」
與「對稱」之美感是息息相關的，其所延伸出來的「鎮定」、「沈靜」
的風格基本上是趨於陰柔的，然而左右的對稱若爲落差極大的兩種形
式，則易形成對比的美感，當然也就容易使風格趨於陽剛。

（4）大小法

　　所謂「大小法」就是將空間中大的面與小的面之間，其擴張、凝
聚的種種變化記錄下來的一種章法。從結構類型來說，「由小而大」
的結構所紀錄的是「輻射式」的空間變化；「由大而小」的結構所紀
錄的是「包孕式」的空間變化。可知「大小法」的「包孕」與「輻射」
的運動方式，與「遠近法」的直線運動有所差別。〔註67〕

　　在黃永武的《中國詩學—設計篇》中，提到空間的凝聚與擴張，
是以鏡頭伸縮爲媒介來說明景物的大小變化。關於「空間的擴張」，
他說：

　　　讓畫面移動，由近及遠，由小景物的描寫而擴張至大
　　景物，像用一個伸縮的鏡頭攝影一樣，畫面的視野愈來愈
　　遼闊，詩的空間也就愈來愈擴張，這小景物與大景物的比
　　例懸殊愈大，愈能快人耳目。

這裡說明了「由小及大」的結構在辭章中所發揮的作用。這種結構除
了營造遼闊的空間感之外，其所謂「小景物與大景物的比例懸殊愈
大，愈能快人耳目」，更強調了「巨細結合，點面相映」〔註68〕的美

〔註66〕 見楊辛、甘霖《美學原理》(北京大學出版社，1989 年 2 月第 1 版)，
　　　　頁 154。

〔註67〕 參考仇小屏《篇章結構類型論》(上)，頁 105～106。又見陳滿銘《章
　　　　法學綜論》，頁 20。

〔註68〕 見李元洛《詩美學》(臺北：東大圖書公司，1990 年二月初版)，頁

感效果。至於「空間的凝聚」，他說到：

> 與空間的擴張相反，讓畫面由遠及近移動，先寫大景
> 物而後縮至小景物，畫面移近來，使視野愈來愈細小，詩
> 中的空間也就像凝集起來一般，最後選擇一個空間的凝聚
> 焦點，把精神集中在上面，給予特寫，使這個凝聚的焦點
> 分外凸出。〔註69〕

此即「由大及小」的結構呈現。所謂「把精神集中在上面，給予特寫，使這個凝聚的焦點分外凸出」，就是強調這種呈現景物的方式，容易在漸層的變化中營造「突出」的美感。

章法中「大小法」運用了攝影鏡頭的原理，補足了人類視覺的死角，其擴張與凝聚作用所營造的心理空間，可以無限遼闊，也可以凝縮至極，大小之間所形成的張力是非常強烈的。而其兼具的「漸層」、「突出」的美感，也說明了「大小法」兼有的對比與調和的質性。

（5）高低法

所謂「高低法」就是將空間中高、低變化記錄下來的一種章法。〔註70〕在視覺心理上，它是屬於垂直線性的視覺運動，相對於水平線性的視覺運動，垂直的視覺運動會比較困難，比較容易感到疲倦，因此垂直視覺運動所見到的縱線，會比水平視覺運動所見到的橫線還長。〔註71〕所以，垂直視覺運動容易形成兩眼的視差，而這種視差就是視覺立體感的來源之一。王秀雄曾分析說：

> 垂直線易產生兩眼視差，但水平線就不發生兩眼視差
> （例如左右伸張的電線，並不發生兩眼視差，故對它很不
> 容易視認正確的距離），所以為了把建築物或立體造型物的
> 立體感，忠實地表現出來的話，垂直線就發揮很大的功能，

178。

〔註69〕 見黃永武《中國詩學──設計篇》，頁56～60。
〔註70〕 參見仇小屏《篇章結構類型論》（上），頁92。又見陳滿銘《章法學綜論》，頁20。
〔註71〕 參見陳雪帆《美學概論》（臺北：文鏡文化公司，1984年12月重排出版），頁43。

> 然而水平線卻不能盡到它的作用。〔註72〕

可見空間的高、低變化比較容易呈現立體的美感，這是其他空間類的章法所無法企及的。此外，「高低法」是運用視覺的仰視與俯視來記錄空間的高低變化，俯視的角度容易形成完整而深闊的視野，這是俯角視覺所造成的幽深、遼闊的美感；而仰視的角度則會產生景物幾與天齊的高大之感，審美情趣中所謂「崇高」的美感，就容易在仰角視覺中被凸顯出來。所以，「高低法」落於辭章當中所形成的「高→低」、「低→高」、「高→低→高」、「低→高→低」等結構變化，就呈現了「深闊」與「崇高」互相交融錯雜的藝術美感。

（6）視角變換法

所謂「視角變換法」就是將空間中的長、寬、高等三維做一組織以體現其變化的一種章法。〔註73〕它不單就一個角度去摹寫景物，故能同時展現因視角轉變而形成的遠近、高低、左右、大小等變化，黃永武在《中國詩學—設計篇》中，將這種表現技巧稱為「空間的轉向」。他說：

> 詩中空間的取景，不外以遠觀、近觀、仰視、俯視、前瞻、後顧等六種角度去攝取景物，詩人攝取景物時，有時是全從一個角度一個定點去攝取，有時則將攝取點前進或後退，有時則左右遠近俯仰轉向。……前後遠近上下的轉向，造成空間角度的轉換，詩人常將這種多角度的視點複合在一首詩裡。〔註74〕

空間的遠近、高低、左右等變化，在視覺上是一種線性的運動，而空間大小的變化則已關涉到平面的視覺運動，至於視角變換法交錯運用了所謂「遠觀、近觀、仰視、俯視、前瞻、後顧」等視角，其所呈現

〔註72〕見王秀雄《美術心理學》（臺北市立美術館，1991 年 11 月修訂版），頁 336。

〔註73〕參見仇小屏《篇章結構類型論》（上），頁 124。又見陳滿銘《章法學綜論》，頁 21。

〔註74〕見黃永武《中國詩學——設計篇》，頁 60。

的空間變化是立體的。這與人類視覺上的焦點透視有密切關係，我們可以運用繪畫透視學的理論來說明它的心理基礎。劉雨在《寫作心理學》提到：

> 按照繪畫透視學的理論，眼睛在攝入物象的過程中，與物體之間構成一種無形的錐體，物象正是沿著這簇錐形線進入人的視網膜。……在觀察過程中，一切物體祇有統一在觀察者的視點上，才有被感知的可能。同樣一個觀察對象，由於視點的角度不同，視網膜的投影會發生巨大變化。……蘇軾的〈題西林壁〉就是一例。「橫看成嶺側成峰，遠近高低各不同。不識盧山眞面目，只緣身在此山中。」這裡，盧山千姿百態的美景，並不是固定在視點上感知到的，而是通過視點的變化，從不同角度觀察的結果。〔註75〕

可見視點的變化，對景物的感知也會有所不同，其視覺美感也各具特色。中國傳統繪畫中有所謂「多視角畫法」，即融合多種視角於平面圖畫之中。宋・郭熙所提出的「三遠法」可作爲代表。其言：

> 山有三遠：自山下而仰山巔，謂之高遠，自山前而窺山後，謂之深遠，自近山而望遠山，謂之平遠。高遠之色清明，深遠之色重晦，平遠之色有明有晦。高遠之勢突兀，深遠之意重疊，平遠之意沖融而飄飄渺渺。其人物之在三遠也，高遠者明瞭，深遠者細碎，平遠者沖澹。明瞭者不短，細碎者不長，沖澹者不大。此三遠也。〔註76〕

這裡所說的「三遠」，是以人所站立地點的不同，視角不同，因而形成不同的表現法。以西方焦點透視的理論來看，高遠、深遠、平遠的三遠法，其實就是運用仰視角、平視角、俯視角來處理畫中景物的技巧。以仰視角所形成的「高遠」，其「突兀之勢」所營造的是「明瞭」的意象；以平視角所形成的「深遠」，其營造的是「重疊」、「細碎」的感覺；以仰視角所形成的「平遠」，則展現「沖融」、「飄渺」的美感。「三遠法」

〔註75〕見劉雨《寫作心理學》，頁132～133。
〔註76〕見宋・郭熙《林泉高致集》（明萬曆18～19年王元貞金陵刊本）。

雖然僅融合了「遠近」、「高低」兩種視角，卻強調了兩種視角所融出的美感，擴而充之，「左右」視角的「對稱」與「遼闊」之美，「大小」視角的「巨細結合，點面相映」的情趣，也可能出現在「視角變換法」中，成為一個協調而多采多姿的完整畫面。

3. 虛實類

虛實類章法所涵蓋的類型相當廣泛，除了「時間虛實」、「空間虛實」、「假設與事實」之外，還應包括「情景法」、「論敘法」、「泛具法」、「凡目法」等類型，唯上述四種具有其特性，在章法上的運用相當廣泛，故應另節闡述。這裡所說的虛實類僅就「時間虛實」、「空間虛實」、「假設與事實」三種來談。人類具有懸想的能力，無論就時空或事理來說，都屬於思維活動的放縱形態，張紅雨在《寫作美學》中提到：

> 根據腦科學研究結果證明，人們的思維可大可小，能遠能近，可明可暗，變化多端。不僅限於對現實事物的認識，而且能在現實事物基礎上進行蔓延式的無止境的擴展。想象、幻想、理想、假想等，都是思維活動的放縱型態，也就是騰飛反映的表現。〔註77〕

所謂「美感的騰飛反映」，是人類思維在現實事物的基礎上作無止境的蔓延與擴展，劉勰在《文心雕龍・神思》所言「寂然凝慮，思接千載」就在說明騰飛反映在時間方面的能力，而「悄焉動容，視通萬里」則是騰飛反映在空間方面的超越功能。這種功能當然可以延伸到事理的思維方面，甚至可以延伸至無自覺的夢境當中。茲以這個心理基礎，分述虛實法在時間、空間及事理、夢境中所產生的美感。

（1）時間的虛實法

就時間來說，「實」時間是指過去、現在，「虛」時間是指未來。所以，「時間的虛實法」就是把時間中的過去、現在與未來雜糅於文

〔註77〕見張紅雨《寫作美學》，頁131。

學作品之中的章法。〔註78〕

「時間」不僅是一個物理概念，同時也是一個文化上的概念。一般而言，我們對於「時間」的認知，可從四種意義來理解：

> 其一，自然而然的，可用物理手段來加以測度的客觀存在，他以一種看似靜默和缺乏生意雨活力的方式而無時無刻，無時不在，無時不逝地在我們身旁湧動；其二，藝術品中所表述的自然時間，藝術家們的生花妙筆將其虛化在藝術作品中的表達方式；其三、虛化在藝術作品中的本文時間，人們正式在此中體味、感悟人生之旅的悲歡離合與陰晴圓缺，這種時間可塑性大，它極富人生色彩，是極富生命力和情感色彩的生命之流；其四，人們觀賞藝術品時所花費的自然時間的流長。〔註79〕

我們姑且拋開第四種時間不論。第一種是「自然時間」，它具有整全性、持續性和不可逆性；第二種和第三種所認知的則爲「人文時間」，其中第二種仍在表現自然時間的特質，爲「實」時間，第三種則以完全虛化的姿態遊走在過去與現在之間，甚至可以指向未來，則爲「虛」時間。在文藝創作上，作家藉由美感的騰飛反映，任意塑造時間的流動，在虛實互變的流動中，營造了極具生命力與生命情感的空靈之美。此外，晝夜的交替、四季的更迭，使「循環」觀念常常融入時間之中，而原本是進化直線的時間，在此文化意識的影響之下被轉化爲一條循環之線，影響所及，在辭章中表現「從過去到現在」、「從現在到未來」、「從未來回到過去」的時間循環也是常見的，虛實章法中的「實虛實」、「虛實虛」結構就是這種循環的典型。

（2）空間的虛實法

就空間來說，「實」空間指眼前所見的實景，而「虛」空間則爲設想的景物。「空間的虛實法」就是糅合眼前所見與心中設想之景物

〔註78〕 參見仇小屛《篇章結構類型論》（上），頁297。
〔註79〕 見易存國〈中國審美文化中的時間觀念〉，《古今藝文》，2002.02，頁49～55。

於辭章當中的章法。〔註80〕

　　在「示現」修辭中，有一類是「懸想的示現」，與時間的過去和未來無關，卻著眼於「空間」來懸想，其積極的效果乃訴諸於讀者的感官，營造鮮明的印象，同時又激發讀者的想像，以引起共鳴的情緒。〔註81〕《文心雕龍・神思》篇所云「悄焉動容，視通萬里」，就是說明這種懸想所形成的空間的超越。「空間的虛實法」也是在這種心理基礎上建立其章法，而現實空間與想像空間差距不大時，即形成調和的美感；若現實空間與想像空間的情境形成強烈對比時，不僅具有對比之美，其現實與想像之間的反差更能激發讀者的情緒。

（3）假設與事實法

　　就人類的思維來說，「實」指的是現實世界所發生的一切，而「虛」則爲假設或夢境。「假設與事實法」就是將夢境或假設事物與現實世界相對映的一種章法。〔註82〕與事實相反的假設是人類理性思辨中可以自我掌控的思維放縱，而夢境則是一種非自控性的意識活動，在「美感的騰飛反映」中，即存在著自控型與非自控型的思維放縱。張紅雨針對「自控型的美感騰飛」分析說：

> 　　自控型的美感騰飛，在寫作美學的昇華階段是寫作主體有意識地放縱思維和想像的翅膀任其飛翔，沿著對生活的理想航道去開拓更美好的境界。但不管思維和想像如何放縱，都不是放任自流，都要受到寫作主體的審美理想的控制。〔註83〕

假設性的思維活動就是基於這種自控心理，將虛幻的意識物化成具體的人、事、物，以符合寫作主體的審美理想。至於「非自控型的美感騰飛」多指夢境而言，張紅雨說：

〔註80〕　參見陳滿銘《章法學綜論》，頁 25。
〔註81〕　參見黃慶萱《修辭學》，頁 315～317。
〔註82〕　參見仇小屏《篇章結構類型論》（下），頁 320。又見陳滿銘《章法學綜論》，頁 26。
〔註83〕　見張紅雨《寫作美學》，頁 136。

> 非自控型的美感騰飛在人們的睡夢中更為自由而酣
> 暢，不受主觀意識的任何限制，也可以說是亦是的一種失
> 控現象，是意識的自由流動。〔註84〕

佛洛依德認為夢的本質是「願望（被壓抑的）的滿足（經過偽裝的）」
〔註85〕。其所謂夢是某種被壓抑的衝動，也是某些得到滿足和發洩的
自由地。無論它是多麼離奇怪誕，仍然是以現實生活和客觀存在為依
據的。所以，辭章中所呈現的夢境基本上仍合乎現實邏輯，只是它與
實境的對映，凸顯了「虛無飄渺」的特性。

理性而自控的假設多與事實相反，正可以凸顯現實世界的「合理」
或「荒謬」；而非自控性的夢境則反映了寫作主體被壓抑的深層願望。
在虛實的對映中，我們可以不加詞彙而獲得事半功倍的美感效果。

4. 其他類

在圖底類質章法中，無法用時間、或空間來概括者，則歸於其他
類。此類包括「天人法」、「眾寡法」及「圖底法」等，茲分述其心理
基礎與美感效果如下。

（1）天人法

「天」指自然，「人」指人事，所謂「天人法」就是在寫景中結
合「自然」與「人事」以形成層次的章法。〔註86〕

「天人法」是結合自然與人事的材料來組織篇章，其從人事界開
展到自然界，所憑藉的是人類心理中的「移情」作用。因此我們可以
運用心理學上的「移情」作用來詮釋這種章法的心理基礎。童慶炳在
〈與天地萬物相往來——談審美移情〉一文中提到：

> 審美的人都具有同情心，即以自己在生活中體驗到某
> 類情感，去類化、理解周圍看起來是同類的事物。這種同
> 情，不但及於同類的人物，而且也及於生物、無生物。……

〔註84〕見張紅雨《寫作美學》，頁133。
〔註85〕參見《西方美學通史·二十世紀美學（上）》，頁271。
〔註86〕參見陳滿銘《章法學綜論》，頁31。

> 詩人把自己在生活中體驗過的情感移入這些景物身上的
> 結果，是典型的審美移情現象。但問題還在於詩人何以會
> 把自己的情感移入這些景物中，這就在於詩人有一種可以
> 推廣到天地萬物的博大的同情感。在詩人的世界裡，白
> 雲、石頭、綠竹、山峰、柳絮、桃花等生物、無生物，都
> 是生氣灌注的，所有的自然景物都活躍著像人一樣的生
> 命，它們和人一樣，也有喜怒哀樂和悲歡離合，它們與人
> 是平等的。〔註87〕

自然萬物透過人的移情作用變得溫馨、有情，同樣的人也因為審美移情的作用，「自我」可以和萬物相往來，使心靈獲得開擴與提升。這種移情作用可能使文學作品呈現「天人合一」、「物我交融」的境界，這只適於解釋通篇描寫自然萬物的作品，至於辭章中出現的「天→人」、「人→天」及「天→人→天」等結構，其「自我」在作品當中仍是有意識的存在，「自然之景」與「人事之景」仍維持著二元對待的關係。此乃作者運用「心理距離」來觀照事物的結果，所以，推溯「天人法」的心理基礎，仍必須考慮到「審美心理距離」的因素。童慶炳在〈換另一種眼光看世界——談審美心理距離〉一文中針對「心理距離」提到：

> 審美體驗需要移情，但又不能一味移情。在審美主體
> 與審美對象之間保持一定的距離，是審美體驗的必要條
> 件。……古往今來，一切偉大的詩人、藝術家之所以能從
> 尋常痛苦甚至醜惡的事物裡發現美和詩意，就是因為他們
> 通過自己的心理調整，能夠將是事物擺到一定的距離加以
> 觀照和品味的緣故。〔註88〕

此即說明審美體驗除了需要「移情」之外，更需要「心理距離」來維持美感的存在。「心理距離」所強調的是審美體驗的無關功利的性質，唯有透過審美心理距離的作用，審美主體才可以摒棄功利慾望，超脫個人的需要與現實的目的，從而獲得事物純粹的美感經驗。

〔註87〕見童慶炳《中國古代心理詩學與美學》，頁 155～156。
〔註88〕見童慶炳《中國古代心理詩學與美學》，頁 159～167。

從上述「移情」作用與「心理距離」的定義來看，兩者之間似乎存在著心理上的矛盾，然而在藝術創作及欣賞的領域中，這種矛盾卻營造了另一種「不即不離」的境界，這也是「天人法」所要追求的極致之美。

（2）眾寡法

「眾」指多數，「寡」指少數。所謂「眾寡法」就是運用事物之「多數」與「少數」的關係，並使之相映成趣的章法。〔註89〕

「眾寡法」可以運用包孕（由眾而寡）的方式，以達到「多數凸顯少數」的效果；或運用推擴（由寡而眾）的方式，營造出「少數蓄積多數」的氣勢。其心理基礎可以用作家「有意注意優勢」的心理來詮釋。錢谷融、魯樞元在《文學心理學》談到：

> 人對某一對象的某一特徵的注意越集中，在大腦皮層的相應部位就越能引起優勢興奮中心。此時舊的暫時神經聯繫被抑制，新的暫時聯繫容易形成，因而能保證外界刺激信息充分被感知。被感知的信息引起大腦皮層相應不爲的興奮，對於同時可能興奮起來的其他部位來說是一種抑制。興奮程度強的佔了優勢，壓倒興奮程度弱的，使之處於抑制狀態，這在心理學上稱之爲「負誘導作用」。優勢興奮中心越是持久，越是強化，其他興奮部位越是弱化、越是抑制。……由於這一心理規律，文學家要達到有效的觀察，必須有一個注意中心。我們可以把這叫做「有意注意優勢」，這個優勢的建立，有助於作家實現眞正有效的觀察感受。〔註90〕

在「眾」、「寡」並存的文學作品當中，當「少數」的事物越受注意，就越能強化其優勢，相對地「多數」的事物也受到抑制而越來越模糊；反之亦然，當「多數」事物受到注意，則相對地弱化了「少數」事物

〔註89〕 參見仇小屏《篇章結構類型論》（上），頁 226。又見陳滿銘《章法學綜論》，頁23。
〔註90〕 見錢谷融、魯樞元《文學心理學》，頁101。

的特徵。「眾寡法」就是利用這種心理注意優勢來達到凸顯事物的目
的。然而人在長時間揪受不變或單調的信息，容易降低對刺激物的敏
感度，甚至趨於毫無反應，故在辭章當中常有「眾寡迭用」的情形存
在，就是為了維持讀者的注意於不墜。〔註91〕

　　在「眾寡法」中，「寡」的極限是「一」，具有集中的效果；「眾」
的極限是「無限大」，容易給人壯闊之感。所以「眾」與「寡」的相
映成趣，可能造成「寡」者更集中、「眾」者更恢闊的美感，兩者之
間所形成的張力是相當可觀的。這種美感效果有時與「正反」章法相
似，因其反差而形成對比；而當「眾」與「寡」之間是漸進形成時，
其美感又是調和的。

（3）圖底法

　　所謂「圖底法」就是運用視覺心理上「背景」與「焦點」的概念
來組織篇章的一種章法。〔註92〕「圖底法」不僅可以呈現在空間中，
更可以擴充延伸至時間、色彩以及感官知覺的範疇。

　　「圖底法」被廣泛地運用在詩文的創作當中，而我們卻必須推溯
到繪畫藝術，才可以尋得完整的理論。王秀雄的《美術心理學》提到：

　　　　在視覺心理學上，把視覺對象從其背景浮現出來，而
　　　讓我們視認得到的物叫做「圖」（Figure），其周圍之背景叫
　　　做「地」（Ground）。「圖」與「地」間，其形、色與明度必
　　　須有些差異，我們才能視認其存在。〔註93〕

這裡所說的「圖」（Figure）就是焦點，而「地」（Ground）就是背景。
運用在章法上時，我們以「底」代稱「地」，是為免於和「地圖」一
詞混淆。在視覺心理上，「圖」與「地」各有其特殊的性質，根據王

〔註91〕參見仇小屏〈談詩文中的「眾寡」結構〉，《國文天地》，89.07，頁
　　　　79～85。
〔註92〕參見陳滿銘《章法學綜論》，頁32。
〔註93〕見王秀雄《美術心理學》，頁126。關於「圖─底」的關係，另有格
　　　　式塔心理學派直稱為「圖形─背景」關係，可參見庫爾特‧考夫卡
　　　　《格式塔心理學原理》，頁285～336。

秀雄先生的分析，我們可以將兩者比較表列如下：

圖	地（底）
前進性	後退性
密度高、緊密性、凝縮性	密度低而鬆弛，隨時可被侵略
令人產生強烈之視覺印象	視覺印象弱
有充實感	無充實感
具有明確之形	其形不明確
境界線是屬於圖的	無固有的境界線

從上表可以看出，「圖」因爲具有前進性、緊密性、凝縮性與充實感，容易產生強烈的視覺印象；相對的「底」所具備的後退性與鬆弛性，容易被忽視，卻仍具有極重要的烘托作用。在靜態的繪圖之中，「圖」與「底」的關係似乎可以如此確定，然而宇宙自然是一個不斷變動的形式，再以視覺主體的心理亦不斷地變動調整，「圖」與「底」也會隨之產生互換或交融。魯道夫・阿恩海姆在〈對於地圖的感知〉一文中分析圖形與其基底的關係，可進一步詮釋這種現象。他首先提到地圖中陸地與海洋的常態關係：

> 當一個形狀在感覺上位於它的環繞物之前時，心理學家就稱之爲「圖形與基底」現象。在地圖上，海洋總是顯得退到陸地下面，陸地看上去是一個獨佔了海岸線的圖形；海岸線看上去好像屬於陸地而不屬於海洋。

這與上述「圖」與「底」的性質大致相同。然而，這種情況只能在符合了特定的知覺條件時才能獲致。當地圖中顏色的淺深、線條的凹凸及紋理的疏密產生變化時，我們對於圖形與基底的認知也可能隨之改變。所以他接著說：

> 圖形與基底效應的動態感可以極其強烈。在感覺上，凸面是對於周圍空間的積極進犯。我們感到澳大利亞大陸向北面推擠著新幾內亞，可是又在它南部的凹陷的海岸那裡被動地受著海洋的進攻。陸地與海洋之間的相互作用，通過海岸

線的形狀，栩栩如生地表現爲視覺上的前進和後退。〔註94〕這裡點出海洋與陸地的關係,因爲凹凸的線條而改變了它們或爲「圖」、或爲「底」的質性。可見在變化紛紜的空間中,任何事物都可能因爲主觀認知與客觀條件的不同而改變其背景或焦點的質性。文學作家如果掌握了「圖」與「底」的特色,就可以創作出深刻而生動的作品。

「圖底法」不僅由於「底」烘托「圖」而展現立體的美感,更因爲「圖」與「底」的交融互換而展現生動的動態美。這種立體與動態的美感可能是對比,也可能是調和的,所以運用「圖底法」來組織篇章,很容易造成一種剛柔兼具的風趣。

（二）其他類

中性章法中仍有「圖底」概念無法涵蓋者,則歸於其他,如「敲擊法」、「狀態變化法」即是。茲分述其特色如下。

1. 敲擊法（奇正法）

所謂「敲」是指側寫,「擊」是指正寫,「敲擊法」就是針對同一事物,運用「側寫」與「正寫」兩種角度來組織辭章的一種章法。〔註95〕此與劉熙載《藝概·詞曲概》中所稱的「奇正」之法相同,爲避免與「正反」章法之「正」相混淆,故另以「敲擊」名之。

「奇」與「正」原是古代兵法中的兩個概念,即軍隊作戰時「側面奇襲」與「正面交戰」交互爲用的一種戰術。《孫子兵法》對此種戰術提出了明確的定義及效用,其言:

> 三軍之眾,可使畢受敵而無敗者,奇正是也。……凡戰者,以正合,以奇勝。故善出奇者,無窮如天地,不竭如江海。終而復始,日月是也;死而更生,四時是也。聲不過五,五聲之變不可勝聽也;色不過五,五色之變不可勝觀也;味不過五,五味之變不可勝嘗也。戰勢不過奇正,奇正之變不

〔註94〕見魯道夫·阿恩海姆《藝術心理學新論》（臺北:商務印書館,1992年12月臺灣初版）,頁283～284。

〔註95〕參見陳滿銘《章法學綜論》,頁32。

可勝窮也。奇正相變，如循環之無端，孰能窮之哉？〔註96〕戰場上所謂能善用「奇正」之術，即在「正兵」的前後左右，另外出動「奇兵」，乘敵不備發動攻擊以觀察敵情變化，如果敵方不能支持，或因此發生動亂，就立即指揮「奇兵」連續攻擊，形成大河決口、一洩千里的態勢，這就是「奇正」之戰術所造成的出奇制勝的效果。趙安郎詮釋「奇正」戰術之效用時說到：

> 在奇正的無窮變化中，一改常法、常識，以權變取勝，應該是奇正之術的最本質的內容。而二者之間的相關性與連續性又是奇正變化的基本特徵。……「奇」與「正」是相反或相對、相輔又相成的兩個方面，他概括了事物之間的相互關係，因而具有廣泛的適應性。……遵循戰爭的一般原則與根據實際情況採取靈活對策，是最本質的「奇正」相生關係。〔註97〕

這裡不僅強調「奇正」之二元對待的關係，更指出「奇正」戰術所運用的欺敵心理。其所謂「一改常法、常識，以權變取勝」，正是利用人類的「心理定勢」〔註98〕以達到欺敵之效。在「奇正」戰術中，正面交戰的「正兵」試圖透露錯誤的訊息，使敵人因心理定勢的慣性思維而誤判情勢，而側面奇襲的「奇兵」乃反常道而行，出乎敵人意料之外而收致勝之功。

我們援用這種心理來詮釋「敲擊」章法，即可發現，所謂「正寫」乃合於人類慣性的思維，而「側寫」通常出其不意，儘管其用語甚簡，運材甚少，卻如奇兵之撼動敵陣，正足以激盪讀者心靈，盡收事半功

〔註96〕 見《孫子兵法・勢篇第五》（張其和《孫子兵法》，臺北：長榮文化事業部，2001 年 9 月初版二刷）。

〔註97〕 見趙安郎主編《孫子兵法百戰韜略》（南京：東南大學，1994 年 4 月革新一版），頁 110～119。

〔註98〕 所謂「心理定勢」，是說當人們經歷或處理一件事後，會在腦中留下印象和認識，而在以後遭遇類似事件時，就容易根據過去的認識經驗，推演出相同的判斷。那是一種固定、安穩的心理趨向，此趨向一旦形成，就會呈現一種慣性思維，很容易身處危險而不自知。參見孫敏華、許如亨《軍事心理學》，頁 192。

倍之效。如前所引述,「敲」與「擊」在表面上是相反相對的,而實質上卻必須是環環相扣、層層相和的兩個方面,才足以搭配得恰如其分非。陳滿銘說:

> 「敲擊」,由於介於「正反」與「賓主」之間,兼有兩者的好處,所以產生的美感也很特殊,可說兼「陽剛」與「陰柔」有之,是相當奇妙的。〔註99〕

足見「敲擊」章法兼具了「對比」與「調和」的質性。

2. 狀態變化法

所謂「狀態變化法」是描述外在世界中,萬事萬物的某一狀態本身的變化,以呈現在辭章中的一種章法。〔註100〕宇宙中時間、空間的變化非常繁複,有關時間的變化可以用「今昔法」、「久暫法」、「時間虛實法」等章法來詮釋;而有關空間的變化則可以運用「內外」、「高低」、「左右」、「大小」等章法來詮釋;至於事物動靜之間的變化、人際有貴賤、親疏之別,甚至大自然的陰晴雨雪之轉變,則無法用單一的時間或空間概念來概括,故必須特立一種章法來詮釋這些事物的狀態變化。由於「動與靜」在辭章當中被運用得最普遍,僅以「動靜」變化為例,說明其心理基礎與美感效果。

「動」與「靜」是中國哲學中普遍被討論的兩個範疇,而《老子》是最早以哲學思辨加以考察的,其言:

> 反者,道之動;弱者,道之用（第40章）
> 致虛極,守靜篤,萬物並作,吾以觀復。（第16章）

這裡強調「反」的作用是宇宙生成的「動力」,而「靜」則是萬物歸根的狀態,所以老子認為宇宙的動靜關係,「動」是暫時,「靜」卻是根本,體現了「貴柔主靜」的思想;《易傳》則進一步探討動靜的概念,其言:

〔註99〕見陳滿銘〈論篇章的「敲擊」結構〉,《國文天地》,91.6,頁 096～101。
〔註100〕參見仇小屏《篇章結構類型論》(上),頁 164。又見陳滿銘《章法學綜論》,頁 22。

　　　　動靜有常，剛柔斷矣，方以類聚，物以群分，吉凶生矣。
〔註101〕

　　　　剛柔相推，變在其中矣。繫辭焉而命之，動在其中矣。
吉凶悔吝者，生乎動者也。〔註102〕

這裡不僅指出動靜與剛柔的關係，更展現了《周易》「貴剛主動」的思想。宋明理學對於「動靜」的詮釋則更爲具體、豐富，如周敦頤所言：

　　　　太極動而生陽，動極而靜，靜而生陰，靜極復動。一
　　　　動一靜，互爲其根。分陰分陽，兩儀立焉。

其融合了《老子》與《周易》的思想，將「動」與「靜」詮釋爲宇宙不斷循環變化的兩個範疇，其思想則更爲周延。可見「動」與「靜」本來就是宇宙生成規律中的普遍現象。張立文強調：

　　　　在中國哲學中，動與靜是指事物的運動與靜止。動靜
　　　　作爲事物變化的兩種形式，是對待統一的。動是講事物自
　　　　身所具有的能動性；靜是講事物自身所具有的穩定的不變
　　　　動性。……又是指事物的變化和寂靜。……也是指事物的
　　　　進程和終止。

他根據中國哲學的動靜觀，具體說明了動與靜在現象界的狀態。章法既源於宇宙的規律，則其「動靜法」應更爲符合自然事物的生成變化，而動與靜之間可能形成對立，也可能形成協調，故此種章法是兼具對比與調和之質性的。

第二節　「風格」概說

　　本節從古今、中西對「風格」一詞的定義談起，進而論述各種藝術風格的範疇，以確定「章法風格」在各種風格範疇中的地位。其次，論述古今風格品類的分化與合流，並從哲學的角度思辨其現象，確定「陽剛」風格與「陰柔」風格的母性。

〔註101〕見《周易・繫辭上》。
〔註102〕見《周易・繫辭下》。

一、一般「風格」界說

　　對於「風格」一詞定義的思辨，有助於我們瞭解「風格」的本質；而各種藝術形態的風格界定，則足以理清「章法風格」在整體風格學中的地位與價值。以下試從「風格」一詞的定義及「風格」範疇的界定兩方面，闡述「章法風格」的定位。

（一）「風格」一詞的定義

　　研究中國傳統文論的學者，對於「風格」的詮釋，多認爲風格的起源與品鑒人物有關。如：

> 風格，……最初指人的風度和品格，用來論文時就指文章的風範和格局。〔註103〕

> 魏晉之人物品鑑，以超實用之藝術心靈，觀照出人體形相之美，久之，乃擴及於文學，故是時對文學作品之品評，輒喜以人體爲喻。〔註104〕

> 風格一詞，本來是指人的風采格調。……後來即把詩、文等文學作品，能充分表現作者的才性，也稱爲風格。
> 〔註105〕

可見風格的義涵，本來具有「人的風度和品格」、「人體形相之美」、「人品的格調」等義意，故欲推究中國藝術風格的本源，必須從人物品鑒談起。

　　古代品鑒人物的盛行，乃源於漢代以來「察舉」與「徵辟」制度的需求。所謂「察舉」，是由地方郡守按每二十萬人選舉孝廉一人，並保舉若干人才供朝廷選用；而「徵辟」則是規定三公等官府可特聘人才作爲本府屬官。〔註106〕這兩種制度依據「鄉閭清議」以拔擢

〔註103〕見詹鍈《文心雕龍的風格學》（臺北：正中書局，1994年4月臺初版），頁4。

〔註104〕見黃美鈴《唐代詩評中風格論之研究》（臺北：文史哲，1982年2月初版），頁3。

〔註105〕見朱榮智《文氣論研究》（臺北：學生書局，1986年3月初版），頁280。

〔註106〕參見蔡崇明校注《新編人物志‧導論》（臺北：台灣古籍出版社，

人才，於是人才的鑒識與人物的批評成爲漢代的重要活動。公卿、郡守與諸侯爲了準確推舉賢良，逐漸發展出一套銓品人物的方法，班固的〈古今人表〉即反映了此一時代品鑒人物的重要標準。他以「德行」爲標準，概論上古三代至秦末近兩千人的賢愚，並一一安排定位在九個等級當中。其中一等爲聖人，二等爲仁人，三等爲智人，九等爲愚人，四、五、六、七、八等無名目。在此標準之下，三皇、五帝、堯、舜、禹、湯、文、武、周公、孔子皆列爲一等，而先秦諸子中老子、墨子列爲四等，莊子、惠施、公孫龍列爲六等。班固以一己的判準，爲古今人物確定等第，雖然在方法及品第上頗有爭議，亦引起後世學者的諸多批判，但是他已經具體呈現了漢人崇尚德行的人品觀。

　　及至三國，魏文帝頒佈了「九品官人法」之後，使漢代的「察舉」與「徵辟」走向制度化。其作法乃以州、郡、縣當地之名望人士擔任「中正官」，品評本州郡縣士人的等第，依士人的品行、狀貌與家世等三方面加以公論，分爲上上、上中、上下、中上、中中、中下、下上、下中、下下等九個品第，核實以呈報中央選用。這種制度的推行，更激起品鑒人物的熱潮，也確實拔擢了很多人才，但由於「中正官」多掌握在權貴世族之手，再以品評人物難有客觀標準，遂產生了「上品無寒門，下品無世族」的怪象。至此，拔擢人才的美意被扭曲，貴族也壟斷了仕宦之途。有識之士洞悉這些弊端，既無力扭轉這股政治潮流，只能針對選拔人才的問題進行研究，劉邵的《人物志》就是此一政治背景下的產物。相較於班固的〈古今人表〉，《人物志》展現了更客觀的品鑒方法，也確立了更完整的鑒識系統。其自序云：

　　　　聖賢之所美，莫美乎聰明；聰明之所貴，莫貴乎知人。
　　知人誠智，則眾材得其序，而庶幾之業興矣。〔註107〕

　　2000 年 11 月初版），頁 6。
〔註107〕見劉邵《人物志》（劉昞注，四部叢刊本），卷一。

此說明論人性的目的在於能夠客觀地知人，俾能任使眾材，以成庶績。可見「如何知人」乃《人物志》一書的要旨，而劉卲爲使「知人」能裨益眾材的選拔，遂以「才性」作爲論人的重要課題。他以「情性」爲本，開展出論人的形上架構。〈九徵〉篇所載：

> 蓋人物之本，出乎情性，情性之理，甚微而玄；非聖
> 人之察其孰能究之哉？凡有血氣者，莫不含元一以爲質，
> 稟陰陽以立性，體五行而著形。苟有形質，猶可即而求之。

所謂「含元一以爲質，稟陰陽以立性」即說明人以元一之氣作爲基本質素，而氣有陰陽，人物受陰陽二氣而形成不同的氣性。劉昺注云：「性資於陰陽，故剛柔之意別矣」，強調「元一」雖爲普遍的質素，落於人之質性本無不同，但由於「陰陽」賦受的多寡薄厚，遂產生各自殊異的氣質，落到「五行」的各種組合結聚，便可以形著爲世間形形色色、多采多姿的人物性格。劉卲以「陰陽」賦受的多寡薄厚來解釋人物情性的殊異，在漢儒「陰陽五行」及「氣化宇宙論」的基礎上，開創了人物品鑒的新路，也大大影響了中國文學鑑賞的方向。

與《人物志》同時期的《典論・論文》曾經提到：「文以氣爲主，氣之清濁有體，不可力強而致」，其所謂「清濁」的觀念與《人物志》的「稟陰陽以立性」可以相互闡發，而曹丕顯然已經把人物氣性的清濁用來詮釋辭章風格的差異。

至兩晉南北朝，中國文學理論漸趨成熟，文論家以人物才性談論辭章創作的風氣更爲盛行。劉勰的《文心雕龍》即是著例。其〈體性〉篇所言：

> 情動而言形，理發而文見，蓋沿隱以至顯，因內而符
> 外者也。

此即說明文學創作源於內在隱約情理的抒發，也強調人的「才性」是文學創作的重要因素。其言：

> 才有庸儁，氣有剛柔，學有淺深，習有雅鄭，並情性
> 所鑠，陶染所凝，是以筆區雲譎，文苑波詭者矣。

劉勰不僅繼承了《人物志》所謂「稟陰陽以立性」的才性觀，更以曹丕「氣之清濁有體，不可力強而致」爲基礎進一步發展，以爲作家才性是由先天的「才、氣」與後天的「學、習」雜糅而成，其中「庸」、「儁」、「剛」、「柔」、「淺」、「深」、「雅」、「鄭」等質素雖有先天、後天之分，卻可互相交錯涵融，體現各種不同作家的才性，而由不同作家所創作的作品，自然形成了「筆區雲譎，文苑波詭」的多樣風貌。從「才性論」到「創作論」，劉勰做了最佳的融會與轉化，不僅貫通了人物風格與藝術風格的本質，也提出了文學風格以「陽剛」、「陰柔」爲原性的芻議。

西方對於「風格」的解釋，最早出現於希臘文，後來又進入拉丁文。希臘文的 stylos 和拉丁文的 stylus，原義是「一把用以刻字或作圖的刀子」，後來的字義漸漸發展爲「寫字的方法」，而希臘的哲學家又轉爲修辭學、文學及其他藝術上的一個術語，引伸其義爲「以辭達義的方法」、「寫作的風度」、「作品的特殊格調」、「藝術作品的氣勢」，進而成爲一個國際科學的術語，英語稱爲「style」，德語稱爲「stiel」，法語稱爲「style」，皆表示藝術作品所展現的特殊格調。〔註108〕

中國藝術風格的理論始於魏晉的人物品鑒是可以被確定的。所以，用來品評人物的「才氣」、「體貌」、「格調」、「品第」、「神韻」等術語也普遍出現在中國的藝術風格論中，成爲我們論述風格義涵時不可忽略的要素。〔註109〕而西方對於「風格」的詮釋偏重於修辭藝術所展現的特殊格調，也是我們定義「風格」所必須考慮的因素。

因此，闡述風格的定義可以從創作和鑑賞兩個方面來說：以創作而言，風格應是作家藉由形式技巧表現其思想情感所呈現之契合自身

〔註108〕 參見黎運漢《漢語風格學》（廣州：廣東教育出版社，2000 年 2 月第 1 版），頁 1。

〔註109〕 鄭頤壽教授論述「格素」時提到，「內蘊情志格素」是文學風格的決定性要素，其中「主觀格素」就明顯提到作家個性對於作品風格的影響。參見《辭章學新論》（臺北：萬卷樓，2004 年 5 月初版），頁 338。

才情的風姿；以鑑賞而言，則是欣賞者主觀體悟到的作品之整體風貌與格調。

（二）「風格」範疇的界說

　　從上述「風格」的定義來看，中國與西方對於「風格」一詞的運用，皆因其涵義的轉化而成為現今的專門用語，「風格」不僅可以運用在文學理論上，更可以泛指所有藝術形式所呈現的風貌與格調。黎運漢在其《漢語風格學》中提到：

> 風格這個詞，富有實用性，也很有魅力。它的涵義和應用範圍十分寬廣，在社會生活中應用它，在文學藝術中應用它，在文章文體學應用它，在語言學中應用它。例如，建築風格、雕塑風格、音樂風格、服裝設計風格、藝術風格、文學風格、作家風格、作品風格、文章風格、文體風格、語言風格等，這種種風格都有各自的內涵，而風格作為一般術語是指作風、風貌、格調，是各種特點的綜合表現。風格概念的內涵不同，其所指的對象本質就不同，其所歸屬的學科也就不同。〔註110〕

上述各種風格範疇，是創作主體藉由各種藝術媒材所展現的風格，其中有以視覺感知為主的「繪畫風格」、「雕塑風格」、「建築風格」等，有以聽覺感知為主的「音樂風格」，亦有而結合視覺與聽覺而成的「戲劇風格」、「舞蹈風格」、「電影風格」等。從鑑賞的角度來說，這些藝術媒材所營造的風格，是以感官知覺為基礎，再透過心靈的通感以呈現抽象的境界。

　　此外，創作主體以語言、文字為媒材所營造的「語言風格」及「文學風格」，卻異於其他以感官知覺為基礎的藝術形式所營造的風貌格調。由於語言、文字是人類用以溝通心靈的主要符號，其所營造的意象並非現實所見，而是因語言、文字的「所指」，在心靈中所呈現之虛的形象。故「語言風格」及「文學風格」乃是直接從「心覺」去感

〔註110〕見黎運漢《漢語風格學》，頁3。

知創作主體而呈現的整體風貌，它們不必以外在的感官知覺爲媒介，可逕與創作主體的情思溝通，對於作家才性的感知也最爲直接。兩者之間最大的不同在於，語言是動態的，而文字是靜態的，所以「語言風格」的變動性較大，而「文學風格」就相對地較爲穩定。

再進一步針對「文學風格」而論，不同的因素會形成不同的文學風貌。以時空因素而言，每一個時代有每一個時代的文學風格，如唐詩的情韻綿緲與宋詩的事理詳切；每一個地域有每一個地域的文學風格，如北朝民歌的豪邁率眞不同於吳歌、西曲的含蓄多情。以族群因素而言，不同的民族，運用了不同的文字，也產生不同的文學風格，如法文的浪漫與德文的理性，各有截然不同的風貌；不同的思想主張，也會產生截然不同的文學風格，如獨抒性靈的公安派與講求傳承的唐宋派，由於思想迥異，其所呈現的文章風格也大異其趣。這些因素雖然說明了文學風格的多樣性，卻只是針對文學風格的外圍來泛論，我們欲探討文學風格的核心，則必須緊扣作家與作品來說。以鑑賞的角度而言，想要探究「作家風格」，除了考察其生平之外，從作品入手應是最佳的途徑，我們藉由分析每一篇文學作品的風格，才足以歸納出作家的整體風貌。因此，探析「作品風格」乃文學風格研究最核心的範疇。

從創作的角度而言，寫作主體乃以文字爲基礎，進而「因字而生句，積句而爲章，積章而成篇」〔註111〕。可見作家是藉由外顯的字、句、章、篇之形式，來表現出重要的思想內容，而形式與內容之間的主要橋樑就是「材料」。作家所選用的材料皆有其意象，以鑑賞的角度來說，我們想要探索文學作品的整體意象和主旨，進而推求其風格，就必須從材料的個別意象入手，去研究個別意象的形成與表現、組合與排列。陳滿銘針對辭章的內涵曾提到：

> 從「意象」之形成與表現來看，是與形象思維有關的，
> 而形象思維所涉及的，是「意」（情、理）與「象」（事、景）

〔註111〕見劉勰《文心雕龍·章句》篇。

之結合及其表現。其中探討「意」（情、理）與「象」（事、景）之結合者，爲「意象學」（狹義），探討「意」（情、理）與「象」（事、景）本身之表現者，爲「修辭學」。再從「意象」之組合與排列來看，是與邏輯思維有關的，而邏輯思維所涉及的，則是意象（意與意、象與象、意與象、意象與意象）之排列組合，其中屬篇章者爲「章法學」，主要探討「意象」之安排，而屬語句者爲「文法學」，主要由概念之組合而探討「意象」。〔註112〕

這裡所說的「意象」是指辭章中的「情」、「理」、「景」、「事」。由此可知，研究辭章的形象思維，就是探討「情」、「理」、「景」、「事」的結合與表現，這涉及了「意象學」與「修辭學」的領域；而研究辭章的邏輯思維，在探討「情」、「理」、「景」、「事」的排列與組合，與「文法學」、「章法學」等領域相關；至於結合形象思維與邏輯思維一併探討的，則涉及了「主題學」與「風格學」的範疇。可見鑑賞辭章可以從「意象」、「修辭」、「文法」、「章法」等方面來個別分析，進而整合辭章的「主題」，以透視辭章的整體風格與氣象。而不同的主題會展現不同的風格，如描寫「閨怨」的主題，較容易呈現陰柔的風格，而描寫「戰爭」的主題，則容易呈現陽剛的氣象；同理可知，辭章的「意象」、「修辭」、「文法」、「章法」也透露著個別的風格：以「意象」而言，如花草的輕柔、河海的壯闊，均展現不同的「意象風格」；以「修辭」而言，如排比句常給人雄偉的感受，而婉曲修辭則常有含蓄之氣，兩者所呈現的是截然不同的「修辭風格」；以「文法」而言，如疑問句通常比直述句來得更引人注意，語言氣勢大不相同，其所呈現的「文法風格」也大異其趣；以「章法」而言，如立破法的對比質性，賓主法的調和質性，亦蘊含不同的「章法風格」。同一篇辭章中所蘊含的「主題風格」、「意象風格」、「修辭風格」、「文法風格」、「章法風格」雖各有所偏，卻與辭章的整體風格密切相關。換句話說，分析辭章之

〔註112〕見陳滿銘〈論辭章與意象〉稿本（2003 年 8 月 10 日完稿）。

「主題」、「意象」、「修辭」、「文法」、「章法」所內含的氣蘊，對於透視辭章整體的風格有莫大的幫助。

　　根據上述風格範疇的分析，我們可用下列的圖示來說明各種風格範疇之間的關係：

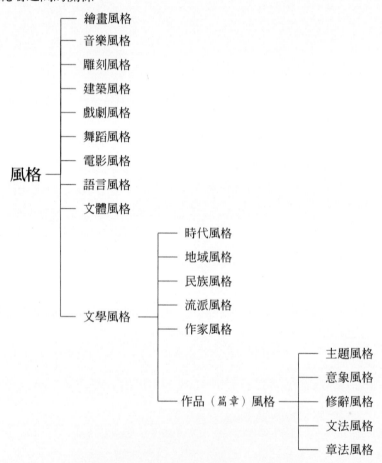

從「風格→文學風格→作品（篇章）風格→章法風格」的層次展現中，「章法風格」雖只是「篇章風格」中的一部分，然以章法乃涉及辭章整體的邏輯安排，對於整體篇章風格的影響不容忽視，再以作品（篇章）風格的探析是文學風格研究的核心，可見「章法風格」在表現風格學中的地位是相當重要的。

二、一般風格品類概說

　　所謂「風格品類」，是指辭章之抽象力量的各種形態。從上述《人物志》「稟陰陽以立性」的情性觀，到後來曹丕所提「氣之清濁有體」的文氣觀，以及劉勰「風趣剛柔」的風格論，可以看出中國文學風格理論對於各種風格形態的分類研究，是以「陽剛」、「陰柔」為基礎而發展起來的，此與中國「陰陽二元對待」的哲學有密切關連。下文分別敘述歷代風格品類的分化與合流，以瞭解各種風格品類的質性；並經由風格的哲學論述，在繁多的品類中確立「陽剛」風格與「陰柔」風格的母性。

（一）風格品類的分化與合流

　　在中國歷代風格理論中，對於風格品類的論述相當繁多，檢視歷代文論與詩話，風格品類的發展歷經了一個漫長的分化與合流，而近世與西方理論結合，又呈現某些程度的轉變。依其發展，可大略分為四個時期：

1. 草創時期的定品

　　風格品類的界說，最早出現在曹丕《典論・論文》中，其對辭章「四科八體」的具體要求提到：

　　　　奏議宜雅，書論宜理，銘誄尚實，詩賦欲麗。

曹丕的文體分類是在「清」、「濁」之文氣論的基礎上論述的，其所謂「典雅」、「明理」、「樸實」、「華麗」者，就是各種文體所應展現的風格標準，實已具有風格分類的雛形。其後劉勰的《文心雕龍》更明白提出辭章的八種旨趣，其言：

　　　　若總歸其塗，則數窮八體：一曰典雅，二曰遠奧，三曰精約，四曰顯附，五曰繁縟，六曰壯麗，七曰新奇，八曰輕靡。〔註113〕

劉勰不僅確立了八種辭章之風格類型，更進一步指出「雅與奇反，奧

〔註113〕見《文心雕龍・體性》篇。

與顯殊，繁與約舛，壯與輕乖」的對應關係，形成了八體四類的完整體系。這是他在「風趣剛柔」的基礎觀念中所確立的風格論。

此外，鍾嶸的《詩品》以「國風」、「小雅」、「楚辭」爲五言詩的三大源頭，根據淮南王劉安所言：

> 國風好色而不淫，小雅怨誹而不亂，若離騷者，可謂
> 兼之。〔註114〕

可知〈國風〉、〈小雅〉、〈楚辭〉各有其特色。大體而言，〈國風〉爲十五國之民間歌謠，內容多爲情詩，具有樂府詩「貴遒勁」的基調，也具備了民歌質樸、通俗的風格；〈小雅〉多爲文人創作，內容以譏刺爲多，且詩人個性溫婉，故詩風易趨於含蓄典雅；〈離騷〉爲抒發個人情志之作，既爲貴族文學，又鎔鑄楚地文化，故風格幽渺而浪漫，有直抒胸臆的樸素美，也有文人特有的溫雅特色。鍾嶸歷述漢魏至齊梁一百二十三位詩人，並歸源於〈國風〉、〈小雅〉、〈楚辭〉，實已歸納出「遒勁」、「溫婉」兩種詩風。

綜觀曹丕、劉勰及鍾嶸的論述，三者在其風格論中雖已具體呈現分體、分品的現象，但仍是在「陰陽二元對待」的基礎上表述各種風格的形態。

2. 發展時期的分化

自劉勰提出風格「八體」的理論之後，學者論述風格品類即愈分愈繁，陳思在〈中國古典風格理論的演進〉一文中認爲，風格品類的演進愈衍愈繁，代表著「文學實踐豐富後文學風格的多樣化，也標誌著對風格的認識越來越具體。」〔註115〕。唐代繼承了魏晉南北朝文學創作與文學理論的基礎，在中國古典詩歌發展上創立了另一高峰，在豐碩的文學成果中，不少文人試圖從繁多的作家、作品，尋找唐詩

〔註114〕見劉安〈離騷傳〉，收錄於班固《漢書》，亦見劉勰《文心雕龍‧辨騷》篇。

〔註115〕見陳思〈中國古典風格理論的演進〉，《求索》1993 年第 3 期，頁91。

的風格與境界，造就了唐代詩學的鼎盛，卻也脫離了以「陽剛、陰柔」為基礎的風格系統，使文壇關於風格品類的論述呈現紛繁的現象。茲揀擇唐代數家論述風格品類的文獻如下：

◎初唐、崔融《唐朝新定詩格》有詩格十體〔註116〕

崔融與李嶠、蘇味道、杜審言俱為初唐文章四友，其《唐朝新定詩格》所說的「十體」，大部分與詩體的風格相關，而其中也涉及修辭手法。其言：

> 形似體者，謂貌其形而得似，可以妙求，難以粗測者。詩曰：「風花無定影，露竹有餘清」。又云：「映浦樹擬浮，入雲風似減。」如此即形似之體也。

> 飛動體者，謂詞若飛騰而動是。詩曰：「流波將月去，潮水帶星來」。又云：「月光隨浪動，山影逐波流。」此即飛動之體。

> 直置體者，謂直書其事置之於句者是。詩云：「馬銜苜蓿葉，劍瑩鷿鵜膏。」又云：「隱隱山分地，滄滄海接天」。此即是直置之體。

> 雕藻體者，謂以凡事理而雕藻之，成於妍麗，如絲彩之錯綜，金鐵之砥煉是。詩曰：「岸綠開河柳，池紅照海榴」。又云：「華志怯馳年，韶顏慘驚節。」此即是雕藻之體。

> 質氣體者，謂有質骨而作志氣者是。詩曰：「霧峰暗無色，霜旗凍不翻。雪覆白登道，冰塞黃河源」。

> 情理體者，謂抒情以入理者是。詩云：「遊禽知暮返，行人獨未歸」。又云：「四陵不相識，自然成掩扉。」

> 清切體者，謂詞清而切者是。詩曰：「空葭凝露色，落葉動秋聲」又曰：「猿聲出峽斷，月彩落江寒」。

> 映帶體者，謂以事意相愜，復而用之者是，詩曰：「露花凝濯錦，泉月似沈珠。」又曰：「侵雲躡征騎，帶月倚雕

〔註116〕崔融《唐朝新定詩格》之十體乃《文鏡秘府論》所引，亦見於《中國修辭學通史·隋唐五代宋金元卷》（長春：吉林教育出版社，2001年2月第1版二刷），頁153~159。

弓。」又曰：「舒桃臨遠騎，垂柳映連營。」

　　菁華體者，得其精而忘其粗者是。詩曰：「青田未矯翰，丹穴欲乘風。」鶴生青田，風出丹穴；今只言青田，即可知鶴，指言丹穴，即可知風，此即文典之菁華。又曰：「曲沼疏秋蓋，長林卷夏帷。」又曰：「積翠徹深潭，舒丹明淺瀨。」

　　宛轉體者，謂屈曲其詞，宛轉成句是。詩曰：「歌前日照梁，舞處塵生襪。」又曰：「泛色松煙舉，凝花菊露滋。」

　　所謂「形似」，就是要求描寫事物，形象逼眞。《文心雕龍·物色》篇所言「巧言切狀，如印之印泥，不加雕削，而曲寫毫芥，故能瞻言而見貌，即字而知時」，就是在強調描繪客觀景物的逼眞所呈現的靜態美。至於「飛動」，則偏重於描繪客觀景物的動態之美，故在詞語中特別要求動詞的靈活運用，故上述詩例中所用的「流」、「將」、「去」、「帶」、「來」、「隨」、「動」、「逐」等動詞，用來描寫「波」、「潮水」、「山影」、「月光」的流動之態，確實呈現了動態的美感。這兩種體式，基本上是根據「意象」所營造出來的風格類型。

　　所謂「直置」，就是運用樸實無華的語言，不假雕琢，直接描述事物的一種體式。這種體式容易營造「通透自然、質樸無華」的美感。相對於「雕藻」，則較注重辭章的雕琢，其運用華麗的辭藻來描寫客觀事物，以形成一種具備「妍麗」之美的體式。「直置」與「雕藻」是魏晉南北朝以來論述風格的兩個對等之重要概念，從風格的形成來看，材料所形成的意象及修辭的表現，都是影響辭章偏於「直置」、或偏於「雕藻」的重要因素。

　　至於「質氣」是在強調辭章必須有質骨以表現志氣。「骨健氣實」一向是魏晉南北朝的文論家所推崇的風格，如劉勰《文心雕龍·風骨》篇所言「辭之待骨，如體之樹骸」、「練於骨者，析辭必精」，即在要求辭章必須語言精鍊、剛健有力；而沈約的《宋書·謝靈運傳》亦云「子建、仲宣，以氣質爲體」，以及鍾嶸評曹子建詩爲「骨氣奇高，辭采華茂」，都是在強調建安風骨所呈現的「質樸剛勁」的風格。可

見「質氣」體所強調的是一種偏於質樸、勁健、有力的語言風格。此外，「情理」體在強調詩歌必須注重情與理的結合，這是一種剛柔並濟的風格要求；而「清切」體則要求詩歌的詞語必須清秀穩切、聲調必須清澈瀏亮，乃就語言的用字及聲律方面來論述風格。

上述七體確實扣緊風格而論，而崔融所提的「映帶」、「菁華」、「婉轉」三體，無涉辭章風格，卻與修辭手法相關。以現代修辭學的理論觀之，「映帶」體強調事與意相合，採映襯之法，使兩兩相襯，相得益彰，此應為雙關修辭；「菁華」體著重辭章表現其精華而棄其粗莠者，應為借代、借喻修辭；而「婉轉」體說明「屈曲其詞，婉轉成句」，是只有意顛倒詞語在語法上的組合順序，實為倒裝修辭。

崔融繼承前人而發展其詩體風格的理論，其分類較細，反映了詩體風格的發展，然而論述過於簡略，分類亦無系統，且雜糅了部分的修辭概念，降低其論述體系的完整性。但是他所提出的「直置」、「雕藻」、「質氣」、「情理」、「清切」等風格品類，仍有重要的參考價值。

◎盛唐、王昌齡《詩格》提出「五趣向」〔註117〕

王昌齡的《詩格》是中國古代修辭學理論的重要著作，也是盛唐詩歌從「創作」走向「理論」的具體成果。其內容包括修辭、文法、章法的理論，也涵蓋了詩體風格的論述。文中所謂「五趣向」，就相當於詩的五種風格：

　　一曰高格，曹子建詩「從軍過函谷，驅馬過西京」。
　　二曰古雅，應休璉詩「遠行蒙霜雪，毛羽自摧頹」。
　　三曰閒逸，陶淵明詩「眾鳥欣有託，吾亦愛吾廬」。
　　四曰幽深，謝靈運詩「昏旦變氣候，山水含清輝」。
　　五曰神仙，郭景純詩「放情凌霄外，嚼蕊挹飛泉」。

這裡所提出的「高格」、「古雅」、「閒逸」、「幽深」、「神仙」等五種風格品類，雖有具體詩例，卻僅是唐代前期詩歌風格類型的歸納，

〔註117〕王昌齡《詩格》乃根據《文鏡秘府論》所引，亦收錄於《詩學指南》（謝无量主編，臺北：中華書局，1958年臺一版），頁80。

並無具體的理論詮釋。而影響所及，如中唐皎然《詩式》提出「高」、
「逸」、「閑」、「達」等十九字的說法，齊己《風騷旨格》所謂「高古」、
「清奇」的體式，以及晚唐司空圖《詩品》關於「高古」、「沖淡」、「超
詣」、「飄逸」、「清奇」等風格品類的論述，其研究更爲深入具體，不
能不說是受到王昌齡《詩格》「五趣向」的影響。

◎中唐、釋皎然《詩式》提出辨體十九字〔註118〕

釋皎然是中唐著名的高僧，俗姓謝，乃謝靈運之十世孫，因其家
學淵源，對於詩歌語言文字的運用藝術特別重視。《詩式》是他晚年
詩歌研究的結晶，受到鍾嶸《詩品》及王昌齡《詩格》的影響，《詩
式》展現了崇尚自然之美的觀點。關於詩體風格的探討，他提出了「辨
體一十九字」，其云：

> 高，風韻切暢曰高。逸，體格閒放曰逸。貞，放詞正
> 直曰貞。忠，臨危不變曰忠。節，持節不改曰節。志，立
> 志不改曰志。氣，風情耿介曰氣。情，緣情不盡曰情。思，
> 氣多含蓄曰思。德，詞溫而正曰德。誡，檢束防閑曰戒。
> 閒，性情疏野曰閒。達，心跡曠誕曰達。悲，傷甚曰悲。
> 怨，詞調悽切曰怨。意，立言盤泊曰意。力，體裁勁健曰
> 力。靜，非如松風不動，林狖未鳴，乃謂意中之靜。遠，
> 非謂淼淼望水，杳杳看山，乃謂意中之遠。

釋皎然《詩式》所談論的風格，實際上包括了辭章的形式與內容，
即所謂外彰的「風律」與內蘊的「體德」。其「辨體一十九字」中側
重於語言形式的論述，如「貞」的風格要求遣詞要雅正直切，「德」
的風格要求詞氣須溫厚貞正，「怨」的風格要求語言形式須淒涼悲切，
「意」的風格要求語言必須氣勢恢弘、旨意廣大，此皆與修辭表現相
關；其餘「高」、「逸」、「忠」、「節」、「志」、「氣」、「情」、「思」、「戒」、
「閒」、「達」、「悲」則偏重於內容的論述，主要呈現的是「意象風格」；

〔註118〕見釋皎然《詩式》卷一，收錄於《古漢語修辭學資料彙編》（臺北：
明文書局，1984 年 9 月初版），頁 152～153。

至於「力」、「靜」、「遠」三字的風格要求則兼具形式與內容，已提升至辭章整體「境界」的探討。

釋皎然《詩式》對於風格品類的論述有承有變，他雖以一字概括詩歌的主要風格，卻認爲一首詩所展現的並非一種單純的風格，而是幾種風格特點的融集。其文中仍強調：

> 篇目風貌，不妨一字之下，風律外彰，體德內蘊，如車之有轂，眾美歸焉。

他以車輪之「有轂」、「有輻」來比喻風格品類的錯雜與融集，其見解是相當正確的。

◎晚唐、齊己《風騷旨格》以詩有十體 [註119]

釋皎然以一代高僧跨足詩學領域的研究，影響所及，晚唐五代以至宋初的許多僧侶也投入了類於《詩格》的撰寫，其中以晚唐高僧齊己所寫的《風騷旨格》較爲重要。本書對於風格品類的論述，就是書中所提到的「詩有十體」：

> 一曰高古，詩曰「千般貴在無過達，一片心閒不奈何」。
> 二曰清奇，詩曰「未曾將一字，容易謁諸侯」。
> 三曰遠近，詩曰「已知前古事，更結後人看」。
> 四曰雙分，詩曰「船中江上景，晚泊早行時」。
> 五曰背非，詩曰「山河終決勝，楚漢且橫行」。
> 六曰虛無，詩曰「山寺鐘樓月，江城鼓角風」。
> 七曰是非，詩曰「須知項籍劍，不及魯陽戈」。
> 八曰清潔，詩曰「大雪路亦宿，深山水也齋」。
> 九曰覆妝，詩曰「疊巘供秋望，無雲到夕陽」。
> 十曰闔門，詩曰「卷簾黃葉落，鎖印子規啼」。

從詩格名稱及其所舉的詩例來看，這十體所論述的非僅風格品類的範圍，其中可視爲風格品類的僅有「高古」、「清奇」兩種，其餘如「遠近」、「是非」則似於體裁的分類，而「雙分」、「虛無」、「覆妝」、

[註119] 見齊己《風騷旨格》，收錄於《古漢語修辭學資料彙編》，頁 147～148。

「闔門」主要是偏重於修辭手法所表現的風格類型，至於「背非」、「清潔」二體則與材料意象有關。可見《風騷旨格》所闡述的十體內容失於駁雜，並非全是風格品類的論述。

◎晚唐、司空圖《二十四詩品》提出唐詩二十四種境界〔註120〕

司空圖，字表聖。其《詩品》乃論詩風格之專著，他總結了二十四種詩歌的風格品類，其內容包括「雄渾」、「沖淡」、「纖穠」、「沉著」、「高古」、「典雅」、「洗煉」、「勁健」、「綺麗」、「自然」、「含蓄」、「豪放」、「精神」、「縝密」、「疏野」、「清奇」、「委曲」、「實境」、「悲慨」、「形容」、「超詣」、「飄逸」、「曠達」、「流動」等二十四品，可說是唐詩各種風格和流派的總整理，同時也反映了唐詩風格多采多姿、百花爭豔的繁榮景象。其分品較前人更爲細緻，並大量運用了形象性的語言來描述詩歌意境的類型，更容易觸發讀者美感的聯想。賈沛若在〈摹神取象、無美不臻—談「二十四詩品」風格論的形象描述〉一文中提到：

> 形象是感性的、直觀的、具體的，它傳神地把風格描繪出來，讀者就憑著自己的審美經驗去感知、去領悟、去補充。借助想像和美感聯想，再創造出一種更具體的美的意境。所以形象描述的方法，不僅可以捕捉風格的神韻，而且也給讀者留下想像的廣闊空間，比之用一個明確的、範圍嚴格的界說的論述，其容量就大得多了。〔註121〕

司空圖肯定唐代詩風的多樣性，其「諸體必備，不主一格」〔註122〕的客觀論述，相較於鍾嶸《詩品》的分品分等，更爲通達；而他以具體的形象論述，來傳達抽象的風格意境，更優於唐代以來「詩格」論著的界說模式。其形象描述的文字，如：

論「雄渾」，曰「具備萬物，橫絕太空。荒荒油雲，寥寥長風。」蓋「雄渾」之風格，有如大自然遊雲之蒼茫廣闊，亦如長風奔騰於虛

〔註120〕見《古漢語修辭學資料彙編》，頁142～146。
〔註121〕見賈沛若〈摹神取象、無美不臻—談「二十四詩品」風格論的形象描述〉，《文史雜誌》1995.04，頁20～22。
〔註122〕此爲《四庫全書總目提要》對司空圖《詩品》的評價。

空之域，此皆爲「具備萬物，橫絕太空」的具體情狀，而其最高境界就是能「超以象外，得其環中」，展現渾化自然、無窮無盡的氣勢。論「沖淡」，曰「飲之太和，獨鶴與飛。猶之惠風，苒苒在衣。」蓋「沖淡」的風格，有如飲用「太和」元氣，與鶴齊飛，展現恬靜、澹逸的順境；亦如春日和暖之風侵入衣襟，給人清朗和暢之感。此境界是可遇而不可求，故曰「遇之匪深，即之愈希，脫有形似，握手已違」，道盡「沖淡」風格的妙處。

論「纖穠」，曰「采采流水，蓬蓬遠春。窈窕深谷，時見美人。碧桃滿樹，風日水濱。柳陰路曲，流鶯比鄰。」這裡用「流水」、「幽谷」、「碧桃」、「柳蔭」等具體形象，描繪出一幅絢麗華美的纖穠境界，而美人的風姿綽約，更強化「纖穠」的極境。

論「沉著」，曰「綠杉野屋，落日氣清」，在描繪沉著之景象；曰「脫巾獨步，時聞鳥聲」，在展現沉著之神韻；曰「鴻雁不來，之子遠行。所思不遠，若爲平生」，則表現沉著之情思。所以動象如「海風碧雲」之舒卷，靜象如「夜渚月明」之幽靜，兩者美感雖異，但其展現的沉著境界仍是一致的。

論「高古」，曰「畸人乘眞，手把芙蓉。汎彼浩劫，窅然空縱」，所描寫的是仙人歷經浩劫，仍手持芙蓉，窅然空縱的氣概；「月出東斗，好風相從」，則在描繪高古之景象；而「太華夜碧，人聞清鐘」寫高古之境界；「虛佇神素」則表現了高古的胸懷。

論「典雅」，曰「玉壺買春，賞雨茆屋」，在說明買春、賞雨皆爲典雅之事；而「坐中佳士，左右修竹」所強調的是典雅之趣；至於「白雲初晴，幽鳥相逐」，展現了典雅的文意；其又以「落花無言」表現雅致，以「人淡如菊」表現疏略，皆蘊含典雅之神髓。這些表現典雅的形象，多爲文人風雅之事，藉多數人約定俗成的典雅形象，以展現典雅之風格。

論「洗鍊」，曰「猶礦出金，如鉛出銀」，乃以金銀之出於礦鉛，來比喻洗鍊之功；而「空潭瀉春」，寫空潭之清明又蘊含生機，「古鏡

照神」，寫古鏡在雅淨之中呈現氣韻，兩者皆在表現洗鍊極致之形象；至於「流水今日，明月前身」，乃用「流水」、「明月」表達皎潔、曠渺的意象，以凸顯「洗鍊」風格的最高境界。

論「勁健」，曰「行神如空」，表現神之運行於太空，一無阻遏之事，曰「行氣如虹」，表現氣之運行，如貫長虹、一無遲滯之勢，此皆勁健有力之貌；而「巫峽千尋，走雲連風」則以巫峽之高聳，其間仍見雲之奔走、風之連合，展現氣勢蕭森、勁健之慨；至於「飲眞茹強，蓄素守中」則說明了強勁之餘，仍繼以蓄素守中，才能持久不變。故「勁健」風格所表現的是強而持久的形象。

論「綺麗」，曰「神存富貴，始輕黃金」，說明詩人只要內蘊富貴之氣象，即可摒棄黃金之綺麗。故「綺麗」風格並非以濃豔爲美，而是以清淡爲佳，所以說「濃盡必枯，淺者屢深」，強調只有淡者才能深入。其餘用「明月華屋，畫橋碧陰」表現綺麗之景象；以「金鐏酒滿，伴客彈琴」表達綺麗之情境，皆是「綺麗」風格的具體形象。論「自然」，曰「俯拾即是，不取諸鄰」，說明自然事物俯拾皆是，所以「如逢花開，如瞻歲新」、「幽人空山，過水采蘋」皆不爲人所奪、不可強取之自然，故能展現「悠悠天鈞」的「自然」風格。

論「含蓄」，曰「不著一字，盡得風流」，乃含蓄之最高境界。故讀者讀詩，詩中「語不涉難」而讀者「已不堪憂」。其用「如淥滿酒」描寫釀酒時酒汁滲瀝而下、從容流注的含蓄之狀；用「花時返秋」描寫花開時節，遇到秋寒之氣而含苞未開的含蓄之態，可說是道盡「含蓄」風格的具體形象。

論「豪放」，曰「天風浪浪，海山蒼蒼」，乃以自然景象來形容豪放的境界，而「浪浪」言其廣大，「蒼蒼」狀其茂盛，爲此境之極致。所以「豪放」之風格，就內在而言，是「眞力彌滿」，就外在而言，是「萬象在旁」，如此無所不具，無所不備，則豪放之氣便自然流露。論「精神」，曰「明漪絕底，奇花初胎」，乃用水漪之清明澈底、胎花之含苞欲放，其清明、飽實就是「精神」風格的具體特質。而「青春

鸚鵡」表現其跳躍能言的神態，「楊柳池臺」展現春日之生機盎然，皆是精神充塞之貌。故「精神」之境界可以「生氣遠出，不著死灰」，其「妙造自然」，是不須刻意剪裁的。

論「縝密」，曰「水流花開，清露未晞」，蓋言縝密之象，如水之流，一無間隙，如花之開，層次井然；而「語不欲犯，思不欲癡」，乃要求詩的語言不可侵犯重複，詩的情思不可泥滯癡肥；如此尚不足以盡縝密之眞諦，還必須「猶春於綠，明月雪時」，即須如春光與綠色相映，月色與雪光交融，這樣不可分析的情狀才是「縝密」風格的極致。

論「疏野」，就內在而言，曰「惟性所宅」，即言隨性之所安而居，就外在而言，曰「眞取弗羈」，即言隨性之純眞而取，如馬不受羈束。正如隱居山也之士，可以「拾物自富，與率爲期」，他們「築屋松下，脫帽看詩」的悠然心情，正是「疏野」的趣味。可見「疏野」之境界必須順遂己意，安適而行，最終則得任天自在之致。

論「清奇」，曰「娟娟群松，下有漪流」，蓋言松陰水流，可以相映出清奇之境；其他清奇之狀，如「晴雪滿汀，隔溪漁舟」，言晴雪未化，覆滿汀洲，此時天朗氣清，一望無垠，隔溪之岸有漁舟點點；又如「可人如玉，步屧尋幽」，言如玉之可人，步木屧而尋幽勝；這些都是「清奇」之境。譬諸具體形象，其引喻「如月之曙，如氣之秋」，蓋言新月方曙、大氣將秋，爲「清奇」風格最極致的境界。

論「委曲」，曰「登彼太行，翠遶羊腸」，乃用登太行之山，遶羊腸之境來形容委曲之境。至於「杳靄流玉」，言雲氣幽深，如玉色掩映；「悠悠花香」，言花香之悠遠；兩者皆形容幽冥深遠之意。又如「水理漩狀」，形容此詩境似水中波紋，左右迴旋，上下近伏；其擬作「鵬風遨翔」之象，更極言委曲之境似鵬鳥展翼，捲起旋風而升；兩種比擬，一柔一剛，說明「委曲」風格具有剛柔並濟的質性。

論「實境」，曰「取語甚直，計思匪深」，強調「實境」之用語直接，構思亦不深隱。如「忽逢幽人」，不可預期；「如見道心」，實中有虛；展現「實境」亦有脫俗超塵之意。而「晴澗之曲，碧松之陰」，

雖言清新實有之境，其「曲」、「陰」之說，也暗示實境仍有曲隱之處。所以「一客荷樵，一客聽琴」之實境，是情性所致，亦見其超塵、曲隱之趣。

論「悲慨」，曰「大風捲水，林木爲摧。適苦欲死，招悲不來」，乃用大風驟起，吹捲水波，樹木摧折，生機凋喪，透出一幕悲涼景象；而「百歲如流，富貴冷灰。」，則言歲月如流，富貴成灰，引出慨嘆之情；至於「大道日往，若爲雄才。壯士拂劍，浩然彌哀」，則藉由一個憂時憤世、拂劍而起的壯士形象，凸顯大我之悲、家國之痛；結語以「蕭蕭落葉，漏雨蒼苔」之淒涼，更見悲慨之深沈。

論「形容」，曰「絕佇靈素」，強調必須精神專一，摒棄以待靈素；而「少迴清眞」乃凝神貯素所得。至於「風雲變態，花草情神。海之波瀾，山之嶙峋」，乃藉由描寫自然景象的千變萬化，凸顯「形容」境界的精妙。

論「超詣」，曰「匪神之靈，匪機之微」，強調「超詣」之境比神靈、天機更爲靈妙；就如攜白雲同行，而清風與之俱歸，所以「如將白雲，清風與歸」乃道盡「超詣」之具體形象。而「亂山高木，碧苔芳暉」，說明高木之豪壯、碧苔之纖密，均足以抒寫超詣之勝景，故「超詣」之極境乃「誦之思之，其聲愈稀」。

論「飄逸」，曰「猴山之鶴，華頂之雲」，已見其飄之姿；而「高人畫中，令色絪縕。御風蓬萊，泛彼無垠」，更寫邁俗超凡的仙人，其顏色和善，飄然如氣，乘風於無垠的天地之間，則展現仙人「飄逸」之神態。所以飄逸之境，「如不可執，如將有聞」，我們可以聞知其妙，卻無法執著其形。

論「曠達」，曰「生者百歲，相去幾何。歡樂苦短，憂愁實多」，欲以人生苦短，帶出曠達之情。因此，吾人應達觀地面對世事，「何如尊酒，日往煙蘿」則展現了超曠開適的胸襟。在「花覆茆簷，疏雨相過」的情境中，詩人「倒酒既盡，杖藜行過」，就是「曠達」之境最具體的寫照。

　　論「流動」，曰「若納水䲛，如轉丸珠」，乃藉由水車之納水、丸珠之轉動，以形容流動之貌；推而廣之，天地之間亦充塞「流動」之象，故曰「荒荒坤軸，悠悠天樞」，乃將流動的意境推擴於天地之運轉。所以「流動」風格不能拘限於現象界之流轉，必須回歸於宇宙自然的規律，其云「超超神明，返返冥無。來往千載，是之謂乎」，從空間而言，「流動」之極境是超乎神明之用，返於冥無之體；從時間而言，其可與天地並壽，與日月齊長。

　　司空圖《詩品》以形象性的描述語言，具體呈現了各種風格的狀貌。以今日學術觀之，可說是融合「意象學」與「風格學」的標準論述，也是研究「意象風格」的最佳範例。除此之外，部分風格品類亦涉及了語言表述方式影響風格的論述，如「洗鍊」品，其語言精約簡潔，是洗鍊風格的必要條件；「綺麗」品，強調遣辭必須華美，造句亦須鋪排，才足以達綺麗之要求；「含蓄」品，要求用語須含蓄不露，委婉深邃；「縝密」品，要求整體結構佈局必須綿密細緻，做有機融合而不露鑿痕；「實境」品，要求「取語甚直，計思匪深」；此皆強調語法、修辭及章法對風格形成的影響。

　　大體而言，《二十四詩品》可概分為兩大類：「雄渾」、「勁健」、「豪放」、「悲慨」、「流動」為壯美之風格；偏於華麗之「纖穠」、「綺麗」、「精神」、「縝密」、「委曲」、「形容」，以及偏於疏淡之「沖淡」、「沉著」、「高古」、「典雅」、「洗鍊」、「自然」、「含蓄」、「疏野」、「清奇」、「實境」、「超詣」、「飄逸」、「曠達」等，皆屬柔美之風格。可知《二十四詩品》雖然分品細密繁複，仍有其系統可循，相較於前期詩格之分類，司空圖不僅在品類上達到風格多樣性的極致，其分類方式也回歸於「陽剛」、「陰柔」的風格系統。除此之外，司空圖強調風格的多樣性，同時也強調各風格品類可以相互融通。明、費經虞評曰：

　　　　唐司空表聖以一家有一家風骨，乃立二十四品以總攝
　　　　之。蓋正變俱采，大小兼收，可謂善矣。然有孤行者，有通
　　　　用者，猶當議焉。其曰雄渾、沖淡、纖穠、高古、典雅、綺

麗、自然、豪放、疏野、飄逸,各立一門,如洗鍊、含蓄、精神、實境、超詣、流動、形容、悲慨之類,則未可專立也。雄渾有雄渾之洗鍊,沖淡有沖淡之洗鍊;纖穠有纖穠之含蓄,高古有高古之含蓄;典雅有典雅之精神,綺麗有綺麗之精神也。又勁健、沉著不外雄渾,縝密不外典雅,委曲不外含蓄,清奇、曠達不外豪放。……間嘗論之,譬之花然,紅黃紫白,其色無所不有;疏密長短,其狀無所不備,清穠遠淡,其香無所不佳;並寫春華,各成清妙。〔註123〕

所謂「並寫春華,各成清妙」,不僅凸顯司空圖《詩品》的兼容多樣,更強調各種風格品類可以孤行,亦可以通用的現象。

司空圖《二十四詩品》可說是中國風格品類發展的巔峰,後世文論關於風格品類的研究,承其說者仍多。如元・范梈《木天禁語・家數》提出正偏之風格十八種〔註124〕,舉自《詩三百》至晚唐詩人共九家之詩風,以明辨風格的偏正得失;明・費經虞概括了古奧、典雅、雄渾、淡遠等十六種風格〔註125〕,並做了進一步論述,乃以《二十四詩品》爲其基礎;明・高棅(《唐詩品匯・總敘》)以《詩品》爲基礎,評論初唐至晚唐共三十二家詩的風格〔註126〕,則爲《二十四詩品》的

〔註123〕見費經虞《雅倫》(臺南:莊嚴文化事業公司影印四庫全書存目叢書,1997年6月初版),卷二十。

〔註124〕其言:「三百篇思無邪,學者不察,失於意見;離騷激烈憤怨,學者不察,失於哀傷;選詩婉曲委順,學者不察,失於柔弱;太白雄豪空曠,學者不察,失於狂誕;韓杜沈雄厚壯,學者不察,失於粗硬;陶韋含蓄優游,學者不察,失於迂闊;孟郊奇險斬截,學者不察,失於怪短;王維典麗觀深,學者不察,失於容冶;李商隱微密閑艷,學者不察,失於細碎。」見《歷代詩話》,頁752。

〔註125〕見費經虞《雅倫》,卷二十。

〔註126〕高棅論風格乃合作家於時代之中,他指出:初唐有王、楊、盧、駱之「美麗」,上官儀之「婉媚」;盛唐有李白之「飄逸」,杜甫之「沉鬱」,孟浩然之「清雅」,王維之「精致」,儲光義之「眞率」,王昌齡之「聲俊」,岑參之「悲壯」,李頎、常建之「超凡」;中唐有韋應物之「雅澹」,劉長卿之「閑曠」,錢起、郎士元之「清澹」,皇甫冉之「沖彦」,柳宗元之「超然復古」,韓愈之「博大其詞」,張王樂府之「得其故實」,元白之「序事務在分明」;晚唐有李賀、盧

具體發揮。他們皆根據司空圖的分類而多所增刪，此不再贅述。

3. 成熟時期的合流

　　唐代風格學的研究，使風格品類的發展達於極致，後世學者乃另闢蹊徑，展開對風格類型統合的研究，如宋・嚴羽在《滄浪詩話》中提出九種風格，並歸納爲兩大類，其言：

> 詩之品有九：曰高、曰古、曰深、曰遠、曰長、曰雄渾、曰飄逸、曰悲壯、曰淒婉，……其大概有二：曰優游不迫，曰沉著痛快。〔註127〕

元・楊載《詩家法數》亦云：

> 詩之體有六：曰雄渾，曰悲壯，曰平淡，曰蒼古，曰沉著痛快，曰優遊不迫。〔註128〕

兩者所謂「優游不迫」與「沉著痛快」，已點出風格品類的兩大範疇，這與明・屠隆把不同的風格概括成「寥廓清曠，風日熙朗」的婉雅，及「播弄姿肆，鼓舞六合」的奇偉〔註129〕等兩大類，皆可隱約看出「優美」與「壯美」的分類系統。直至清代，關於這兩大風格範疇的研究，有了更明確的論述。

　　「優美」（Grace）與「壯美」（Sublime）本是美學上的兩種形相。我們平時所說的美，一般指的是優美，它在形式上所表現的特徵是柔媚、和諧、安靜與秀美；而壯美（又稱崇高）則存在著一種壓倒一切、不可阻遏的強大力量，其在形式上往往表現出粗獷、激盪、剛健、雄偉的特徵。歐陽周、顧建華、宋凡聖在其《美學新編》一書中，曾針對「優美」與「崇高」（壯美）提出解釋，其言：

全之「鬼怪」，孟郊、賈島之「飢寒」，杜牧之「豪縱」，溫庭筠之「綺靡」，李商隱之「隱僻」，許渾之「偶對」。

〔註127〕見《滄浪詩話・詩辯》，卷一。收錄於《古漢語修辭學資料彙編》，頁280。

〔註128〕見《歷代詩話》（清・何文煥主編，北京：中華書局，1981年4月第1版），頁726。

〔註129〕見屠隆〈論詩文〉，收錄於《鴻苞集》（臺南：莊嚴文化事業公司影印明萬曆三十八年毛元儀刻本，1995年9月初版），卷十七。

> 優美，也稱秀美，包括典雅、綺麗、柔媚、精巧、清
> 秀、飄逸、淡雅、幽靜……一類的美，是美的最一般的形
> 態，最早被人們認識和把握。狹義的美，指的就是優美。
> 這是一種優雅的美，柔性的美。崇高，也稱壯美，包括宏
> 偉、雄渾、壯闊豪放、勁健、熱烈、濃郁、奇特……一類
> 的美。這是一種雄壯的美，剛性的美。〔註 130〕

可見優美具「柔婉」的特徵，壯美則具備「剛健」的質性，實與風格
之「陰柔」與「陽剛」的概念等同。這兩大風格範疇在清代尤其受到
桐城派的重視。姚鼐把多種多樣的風格歸併成「陽剛」、「陰柔」兩體。
其〈復魯絜非書〉中明白寫到：

> 鼐聞天地之道，陰陽剛柔而已。文者天地之精英，而陰
> 陽剛柔之發也。惟聖人之言，統二氣之會而弗偏，然而《易》、
> 《詩》、《書》、《論語》所載，亦間有可以剛柔分矣。值其時
> 其人，告語之體各有宜也。自諸子而降，其爲文無弗有偏者。
> 其得於陽與剛之美者，則其文如霆、如電、如長風之出谷、
> 如崇山峻崖、如決大川、如奔騏驥；其如光也，如杲日、如
> 火、如金鏐鐵；其於人也，如憑高視遠、如君而朝萬眾、如
> 鼓萬勇士而戰之。其得於陰與柔之美者，則其文如升初日、
> 如清風、如雲、如霞、如煙、如幽林曲澗、如淪、如漾、如
> 珠玉之輝、如鴻鵠之鳴而入寥廓；其於人也，漻乎其如嘆，
> 邈乎其如有思，煗乎其如喜，愀乎其如悲。觀其文，諷其音，
> 則爲文者之性情形狀，舉以殊焉。〔註 131〕

所謂「如霆、如電、如長風之出谷、如崇山峻崖、如決大川、如奔騏
驥；其如光也，如杲日、如火、如金鏐鐵；其於人也，如憑高視遠、
如君而朝萬眾、如鼓萬勇士而戰之」，所展現的是豪邁、奔放、雄渾
的氣勢，屬陽剛風格；而「如升初日、如清風、如雲、如霞、如煙、
如幽林曲澗、如淪、如漾、如珠玉之輝、如鴻鵠之鳴而入寥廓；其於
人也，漻乎其如嘆，邈乎其如有思，煗乎其如喜，愀乎其如悲」，則

〔註 130〕見歐陽周、顧建華、宋凡聖《美學新編》，頁 121。
〔註 131〕見《惜抱軒文集》，卷六。收錄於《四部叢刊》影原刊本。

展現了飄逸、含蓄、淡雅的情致，屬陰柔風格。姚鼐如此歸併風格的類型，可說進一步闡發了宋、明詩話風格的理論。

　　此外，清代晚期劉熙載的《藝概》也記載許多關於「陽剛」風格與「陰柔」風格的論述。其如：

　　　　〈古詩十九首〉與蘇、李同一悲慨，然〈古詩〉兼有豪放曠達之意，與蘇、李之一於委曲含蓄，有陽舒、陰慘之不同。（〈詩概〉‧26 則）

　　　　詞有陰陽，陰者采而匿，陽者疏而亮。本此以等諸家之詞，莫之能外。（〈詞曲概〉‧111 則）

　　　　桓大司馬之聲雌，以故不如劉越石。豈惟聲有雌雄哉！意趣、氣味皆有之，品詞者辨此，亦可因詞以得其人矣。（〈詞曲概〉‧112 則）

　　　　書要兼備陰陽二氣，大凡沉著屈鬱，陰也；奇拔豪達，陽也。（〈書概〉‧210 則）

劉熙載以為「藝者，道之形也」，故其「文」、「詩」、「賦」、「詞曲」、「書」、「經義」等六藝，便成為《藝概》的主要內容。其〈經義概〉曾引《易傳》的「立天之道，曰陰與陽；立地之道，曰剛與柔」（84 則）以闡發六藝皆道之體現，而道之陰陽剛柔也足以概括所有藝術形式所展現的風格。是以〈詩概〉所謂「豪放曠達」與「委曲含蓄」，〈詞曲概〉所謂「豪放」與「婉約」（註132）、「雄」與「雌」，〈書概〉所謂「沉著屈鬱」與「奇拔豪達」，皆可歸於「陰」與「陽」的二元對待關係。

　　時至近代，傳統風格品類的研究仍在持續，楊成鑒《中國詩詞風格研究》論及風格品類的對應關係（註133），是最為明顯的代表作品。

　　文學作品的藝術風格，有其形成的主客觀因素，而直接或間接作用於辭章的感情、氣勢、內容、色彩、聲律、語言態度、結構及表現手

〔註132〕劉熙載對於詞之陰陽的概念，實溯本於明‧張綖《詩餘圖譜》所謂「詞體大略有二：一婉約，一豪放」之說。

〔註133〕見楊成鑒《中國詩詞風格研究》（臺北：洪葉文化公司，1995 年 12 月初版），頁 234～235。

法，皆有可能影響辭章的總體表現。楊成鑒《中國詩詞風格研究》對於
藝術風格品類的探討，強調不同因素的側重，會形成不同的風格品類。
以「豪婉類」風格而言，乃側重於辭章氣勢的強弱，故分出「豪放」與
「婉約」、「雄渾」與「沉著」、「勁健」與「委婉」等六品；「狀鬱類」
風格，則側重於辭章的情感節奏，可分出「壯麗」與「沉鬱」、「悲壯」
與「悲涼」、「憤慨」與「悽惋」等六品。從他對風格的分類中，仍可看
出明顯的二元對應關係。至於其他如「奇雅類」風格側重於內容的承傳
與創新、「細潔類」風格較側重於辭章的描寫提煉、「麗淡類」風格較側
重於辭章的色彩修飾、「明隱類」風格側重於語言的表現手法、「諧刺類」
風格側重於語言的態度、「疏密類」風格側重於辭章的線索結構等，皆
可分出相對應的風格品類，其對應的關係表列如下：

一、**豪類**	**婉類**	二、**壯類**	**鬱類**
豪放品 ——— 婉約品		壯麗品 ——— 沉鬱品	
雄渾品 ——— 沉著品		悲壯品 ——— 悲涼品	
勁健品 ——— 委婉品		憤慨品 ——— 悽惋品	
三、**奇類**	**雅類**	四、**細類**	**潔類**
新奇品 ——— 典雅品		細膩品 ——— 洗鍊品	
五、**麗類**	**淡類**	六、**明類**	**隱類**
絢麗品 ——— 沖淡品		明秀品 ——— 含蓄品	
		自然品 ——— 朦朧品	
七、**諧類**	**刺類**	八、**疏類**	**密類**
幽默品 ——— 辛辣品		疏放品 ——— 縝密品	

上表第三類側重於內容的承傳與創新，其分出的「新奇品」與「典雅
品」，只是風格的歷史定位；而第七類側重於作家的寫作態度，其分
出的「幽默品」與「辛辣品」，與辭章的形式內容並不直接相關；在
論述形象思維與邏輯思維對風格的影響時，這兩類可以不列入討論。
至於其他六類皆從辭章的情感及表現手法入手，其所分出的風格品
類，較爲符合現代風格學所提出的「表現風格」的概念。值得注意的
是，其「疏密類」側重於辭章整體的線索結構，探索了辭章的內在規

律對於風格的影響，關注到邏輯思維的脈絡所形成的抽象力量，實已接近「章法風格」的範疇。

　　從唐代風格品類的紛繁到清代、近代以「剛」、「柔」括之的簡扼，說明了學者「對多樣風格的區分越來越深入，更善於發現相近風格的共同性」〔註134〕，而風格品類歷經了漫長的分化與合流，更印證了「陽剛」、「陰柔」確實為風格品類的兩大根源。

4. 轉變時期的融通

　　近代中國文學理論受到西方思想的激盪，產生了空前的轉變。西方修辭學與風格學的傳入，使中國學者開始融合其修辭、文法及風格的概念，來研究傳統文論，並試圖建立一套屬於中國本土的辭章學。在辭章表現風格的分類研究上，也有許多融會中西、通貫古今的論述。茲簡述重要文論如下。

◎陳望道《修辭學發凡》分風格為八體

　　陳望道的《修辭學發凡》是我國「第一部有系統的兼顧古話文、今話文的修辭學書」〔註135〕，他運用了西方語言學、邏輯學、哲學與美學等多門學科的觀點及方法，並結合中國古代文論，融古今中外的研究方法於一爐。其書中談到了風格之八體：

> 由內容和形式的比例，分為簡約和豐繁；
> 由氣象的剛強和柔和，分為剛健和柔婉；
> 由於話裏辭藻的多少，分為平淡和絢爛；
> 由於檢點工夫的多少，分為嚴謹和疏放。

這裡從辭章的內容與形式等方面來區分風格的品類，並分成四組八類文體，符合「二元對待」的基本原則，在分類上涉及了文體與辭體的問題，並未能真正釐清風格的品類，卻頗有參考之價值。

〔註134〕見陳思〈中國古典風格理論的演進〉，《求索》1993 年第 3 期，頁91。
〔註135〕見《修辭學發凡》（臺北：文史哲，1989 年 1 月再版）劉大白序文。

◎蔣伯潛《體裁與風格》的風格簡表 〔註136〕

　　本書乃藉由小說的形式及淺近的筆調，介紹中國文章體裁，並從「文辭」、「筆法」、「境界」、「章句」、「格律」、「色味」、「意境」、「態度」、「氣象」、「聲調」等方來辨析辭章的風格品類。茲摘錄其風格簡表如下：

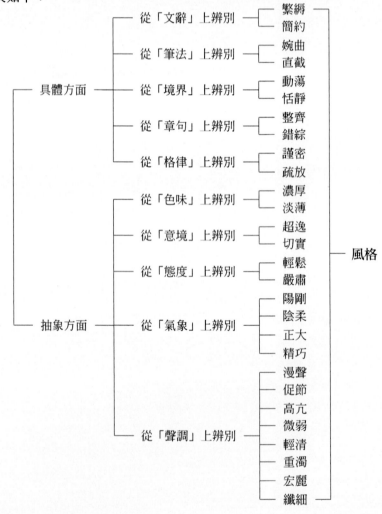

〔註136〕見蔣伯潛《體裁與風格》（臺北：世界書局，1971 年 9 月三版），頁 200～203。

蔣氏以具體的文辭、筆法、境界、章句、格律，及抽象的色味、意境、態度、氣象、聲調來辨析風格，實具備科學分類的精神。從上表可以看出，無論是文辭上的「繁縟」與「簡約」、筆法上的「婉曲」與「直截」、境界上的「動蕩」與「恬靜」，乃至於氣象上的「陽剛」與「陰柔」、「正大」與「精巧」，聲調上的「漫聲」與「促節」、「高亢」與「微弱」、「輕清」與「重濁」、「宏麗」與「纖細」，皆可歸納出二元對待的關係，可見其分類仍是以風格之「陽剛」與「陰柔」的概念為基礎而發展出來。

值得注意的是，其中文辭的「繁縟」與「簡約」、筆法的「婉曲」與「直截」、章句的「整齊」與「錯綜」、格律的「謹密」與「疏放」、聲調上的「漫聲」與「促節」、「高亢」與「微弱」、「輕清」與「重濁」、「宏麗」與「纖細」，皆與字句的法式相關，即藉由語勢及文法等方面來辨析風格，此應屬於「文法風格」的範疇。而文境的「動蕩」與「恬靜」、色味的「濃厚」與「淡薄」，皆涉及辭章材料所呈現的意象，即藉由意象來辨析風格，此為「意象風格」的範疇。至於態度的「輕鬆」與「嚴肅」，直與作家的才氣相關，可歸入「作家風格」的範疇。所以上表就辭章整體風格而論者，僅有意境的「超逸」與「現實」、氣象的「陽剛」與「陰柔」、「正大」與「精巧」。

◎黎運漢《漢語風格學》的表現風格類型

黎運漢的《漢語風格學》是在其《漢語風格探索》的基礎上所建立的一套完整風格體系的專著。他特別針對漢語的表現風格，探討其含義、類型與形成的規律。他說：

> 語言的表現風格有人稱為修辭風格，他是綜合運用各種風格表達手段所產生的修辭效果方面來說的，是對一切語言交際的產物——話語的氣氛和格調從多角度多側面的抽象概括。例如，著眼於話語氣勢的剛柔的，有豪放與柔婉；著眼於話語表達的內容所用的語言數量多少的，有簡約與豐繁；著眼於話語傳遞信息所用的語言曲直的，有醞

藉與明快；著眼於話語辭采的濃淡的，有藻麗與樸實；著眼於話語趣味的強弱的，有幽默與莊重；著眼於話語語辭的雅俗的，有文雅和通俗；著眼於話語結構的鬆緊的，有疏放與縝密。它們既有區別，又有關係，各組之間是「相生」、「互補」的關係，每組的兩種風格之間是「相克」、「對立」的關係。〔註137〕

既以表現風格爲「話語的氣氛和格調從多角度多側面的抽象概括」，可見它不僅包括修辭風格，實應涵蓋文法風格與章法風格的範疇。從上述六組、十二種風格品類來看，其「相生」、「互補」、「相克」、「對立」分類方式仍是在風格的「剛」、「柔」基礎上發展出來的。其中「豪放」與「柔婉」，不僅針對話語的氣勢而言，更可以擴充至篇章結構所蘊含的節奏之剛柔；而「疏放」與「縝密」也不僅限於語言結構的鬆緊，其篇章結構的鬆緊，對於辭章整體疏放或縝密的風格有更多的影響。

　　黎氏強調，「語言風格」是一切「文學風格」的基礎，故從語言的角度來分析風格的品類是可以理解的。然而，他並未瞭解語言的內在邏輯對於風格的影響，所以在分析各種表現風格的形成規律時，只能針對語言意象而論，此乃其不足之處。然而，他建立的一套完備的風格學體系，對於風格學的研究，仍是一大貢獻。

（二）風格品類的哲學論述

　　古今風格品類理論的發展，經歷了由簡而繁、再由繁而簡的過程，我們見到繁雜多樣的風格品類必須仰仗「陽剛」、「陰柔」的統攝，才能展現其完整的結構體系，姚鼐對於這一體系的建立功不可沒。而他的理論並非憑空而致，其實在古典文論當中已見其端倪。如曹丕《典論·論文》所說「氣之清濁有體，不可力強而致」，劉勰《文心雕龍·體性》篇所言「氣有剛柔」、「風趣剛柔，寧或改其氣」，其中「清濁」、「剛柔」正是姚鼐風格理論的根源。

〔註137〕見黎運漢《漢語風格學》，頁211。

晚近曾國藩針對姚鼐的剛柔說有所闡發，其言：

> 吾嘗取姚姬傳先生之說，文章之道分陽剛之美、陰柔
> 之美。大抵陽剛者，氣勢浩瀚；陰柔者，韻味深美。浩瀚
> 者，噴薄而出之；深美者，吞吐而出之。〔註138〕

根據他所集錄的《古文四象》，把「陽剛」和「陰柔」二類分做「太
陽」、「太陰」、「少陽」、「少陰」四種。以「氣勢」屬太陽，又分「噴
薄之勢」、「跌蕩之勢」二類；以「識度」屬太陰，又分「閎括之度」、
「含蓄之度」二類；以「趣味」屬少陽，又分「詼詭之趣」、「閒適之
趣」二類；以「情韻」屬少陰，又分「沈雄之韻」、「悽惻之韻」二類。
〔註139〕古文家簡直把文章「陽剛」之氣和「陰柔」之氣看成太極之
兩儀，所以由兩儀生四象，四象生八卦。根據這種說法，風格的八種
類型可如下圖所示：

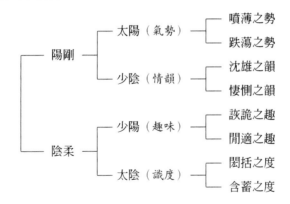

這種分類方式雖然有許多商榷之處，卻指出風格的「陽剛」、「陰柔」
與《周易》八卦的關聯。我們據此上溯至哲學層面，發現《周易》（含
《易傳》）的「陰陽八卦」確實與風格的剛柔體系有密切的關係。《易‧
說卦》云：

〔註138〕見《曾文正公日記‧庚申三月》，收錄於《曾文正公集》（世界書局
　　　　仿古文版）第七冊。
〔註139〕參見曾國藩《評注古文四象‧目次》（上海有正書局排印版，1917
　　　　年）。又摘錄於蔣伯潛《體裁與風格》下冊，頁102。

> 昔者聖人之作《易》也，將以順性命之理。是以立天
> 之道曰陰與陽，立地之道曰剛與柔，立人之道曰仁與義。
> 兼三才而兩之，故《易》六畫而成卦，分陰分陽，迭用柔
> 剛，故《易》六位而成章。

聖人作《易》，乃依循萬物之質性與自然命運之變化，所以能參透天
道之「陰陽」相通於地道之「剛柔」，下貫於人事則體現於「仁義」
之德〔註140〕。這說明了聖人作《易》，創卦立爻，是在體現陰陽變化
的規律，並概括了「天地人」之道，而用陰陽兩義組成各種卦象。《周
易》六十四卦的每一個卦體，均須具備六畫而成形，並以排列次序分
陰陽，以所居之爻分剛柔，如此更迭交錯，以蔚然成章。故《周易》
八卦既是剛柔對立，也是剛柔互濟。因此《易・說卦傳》又云：

> 天地定位，山澤通氣，雷風相薄，水火不相射；八卦
> 相錯。數往順者，知來逆者，是故《易》逆數也。

乾爲天，坤爲地，「天地定位」是指天地設定了上下配合的位置；艮
爲山，兌爲澤，「山澤通氣」形成高低的交流溝通；震爲雷，巽爲風，
「雷風相薄」乃各自興動而交相應和；坎爲水，離爲火，兩者性異而
不相厭棄。八卦就是如此互相錯雜，既是對立又形成統一，而參透這
種對立統一的規律，就能逆推來事。宋代學者根據《易・說卦傳》所
闡述的規律畫成「先天八卦圖」，即所謂「伏羲八卦圖」。宋儒邵雍明
確地說：

> 乾南坤北，離東坎西，震東北，巽西南，兌東南，艮
> 西北。自震至乾爲順，自巽至坤爲逆。〔註141〕

由此可知，從一至四，反時針方向，順序爲乾、兌、離、震四卦，乾
象徵天，在最上方，即南方；從五至八，順時針方向，依序爲巽、坎、

〔註140〕仁是「愛惠之仁」，即「慈厚泛愛」之德，主於柔；義是「斷割之
　　　　義」，即「正大堅毅」之德，主於剛。見《周易正義》（十三經注疏
　　　　本，臺北：藝文）。
〔註141〕見邵雍《皇極經世書・觀物内篇》（臺北：廣文書局，1988 年 7 月
　　　　初版）。

艮、坤四卦，坤象徵地，在最下方，即北方。而宇宙之演進乃周而復
始，循環不已，是以八卦畫成圓形，如下圖：

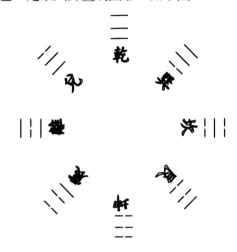

據此「先天八卦圖」，再配合「無極而太極」〔註 142〕與「易有太極，
是生兩儀，兩儀生四象，四象生八卦」〔註 143〕的說法，則可以架構
八種卦象與陰陽、太極之關係，如下圖：

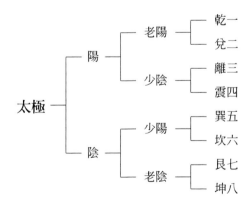

〔註 142〕見周敦頤《太極圖說》，收錄於《周子全書》（臺北：武陵出版社，
　　　　　1990 年 2 月初版）。
〔註 143〕見《周易・繫辭上》。

由結構圖得知，從「太極」推向「八卦」，與前述「(○) 一、二、多」之順向結構吻合；而由「八卦」上溯至「太極」，則相合於「多、二、一（○）」之逆向結構。〔註144〕至於八種卦象之次序，更反應了每一卦偏剛或偏柔的強度。也就是說，「乾」卦之剛性最強，其後「兌」、「離」、「震」、「巽」、「坎」、「艮」之剛柔互相消長，至「坤」卦達於最柔。姚鼐〈復魯絜非書〉中論及風格之剛柔說到：

> 且夫陰、陽、剛、柔，其本二端，造物者糅而氣有多寡，進絀則品次億萬，以至於不可窮，萬物生焉。故曰：一陰一陽之謂道，夫文之多變，亦若是已。糅而偏勝可也，偏勝之極，一有一絕無，與夫剛不足爲剛，柔不足爲柔者，皆不可以言文。〔註145〕

所謂「造物者糅而氣有多寡，進絀則品次億萬，以至於不可窮，萬物生焉」，正吻合「太極→陰陽→四象→八卦」的演序；而「糅而偏勝可也，偏勝之極，一有一絕無」，也說明了《周易》八卦之剛柔消長，可以用來詮釋風格之偏剛或偏柔的程度。配合八卦所象徵的八種基本物象及其產生之作用，更可以推演出風格類型之統攝與分辨的結構雛形。《易·說卦》明白指出：

> 雷以動之，風以散之，雨以潤之，日以烜之，艮以止之，兌以說之，乾以君之，坤以藏之。（第四章）

> 乾，健也；坤，順也；震，動也；巽，入也；坎，陷也；離；麗也；艮，止也；兌，說也。（第七章）

「震」爲「陽氣在下，陰氣在上」之勢，象徵雷，用以鼓動萬物；「巽」爲「陰氣進入強大陽氣下方」之勢，象徵風，用以散佈流通萬物，也具備「謙遜」之德，表「潛入」之勢；「坎」是「外陰內陽」之勢，象徵水、雨，用以滋潤萬物，同時亦具備「險陷」之象；「離」爲「外

〔註144〕關於「多、二、一（○）」結構的論述，可參照陳滿銘〈論「多」、「二」、「一 (0)」的螺旋結構──以《周易》、《老子》爲考察對象〉，收錄於《章法學綜論》，頁 459～506。亦可參照本論文在第三章「章法風格的哲學基礎」。

〔註145〕見《惜抱軒文集》，卷六。收錄於《四部叢刊》影原刊本。

陽內陰」之勢，象徵日，用以照耀萬物使之乾燥，也內涵「附麗」之象；「艮」爲「陽氣阻擋陰氣」之勢，象徵山，用以阻止萬物行動，故有「停止」之象；「兌」爲「旺盛陽氣受陰氣軟化」之勢，象徵說（悅），能使萬物和悅，亦具有「喜悅」之德；「乾」爲「純陽」之勢，象徵天，爲萬物之主宰，也具備「剛健」之象；坤爲「純陰」之勢，象徵地，用以包藏萬物，也蘊含「順從」之德。根據八卦的屬性與作用，再參酌《易・說卦》闡述八卦所象徵的各種物象，我們可以作下圖之推演：

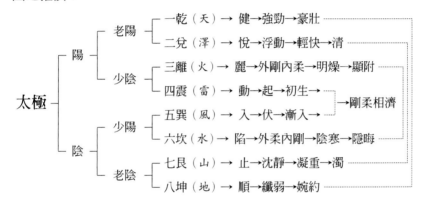

圖中之虛線，代表卦義之相反相對之關係。根據此圖之推演，可以將八卦分爲四組互爲對待的卦象，並從中看出其所反映的幾個現象：

1. 「乾」、「坤」二卦的象徵與風格的關係

　　「乾」卦所象徵的「剛健」之義，及「坤」卦所象徵的「柔順」之義，在《易傳》中已有明確的規範。如：「觀變於陰陽而立卦，發揮於剛柔而生爻」〔註146〕、「陰陽合德而剛柔有體」〔註147〕、「剛健篤實輝光，日新其德」〔註148〕、「內文明而外柔順」〔註149〕等。可見「乾」卦陽剛之特性可以概括宇宙間剛健強勁之事物，而「坤」卦

〔註146〕見《周易・說卦傳》，第一章。
〔註147〕見《周易・繫辭傳下》。
〔註148〕見《易大畜・彖傳》。
〔註149〕見《易明夷・彖傳》。

陰柔之特質則代表一切柔順纖弱之概念。這兩種概念落到藝術領域來說，就是「陽剛之美」與「陰柔之美」。〔註150〕故凡「雄渾」、「豪壯」、「宏闊」、「遒勁」之風格，皆屬於陽剛之美；偏於「纖巧」、「婉約」、「飄逸」、「柔媚」之境界，則屬於陰柔之美。而「乾」、「坤」二卦則各爲剛柔的極致。

　2.「兌」、「艮」二卦的象徵與風格的關係

　　　「兌」卦所象徵的水澤，具「浮動」之義，而浮動的水澤多具有輕快之特性，就事務之質性來說則歸於「清」，而藝術風格中的「悅動」、「明快」皆屬此類；相對於「艮」卦所象徵的山岳，具「靜止」之象，而靜止之事物多偏於凝重之特性，故可用「濁」的概念統之，而「沉鬱」、「凝滯」之風皆屬此類。「清」與「濁」是風格類型中極爲重要的概念，曹丕《典論・論文》中所謂「氣之清濁有體」可爲印證。而儒家提到「仁者樂山，智者樂水」更可以說明仁（柔）與智（剛）、山（柔）與水（剛）的對照。

　3.「離」、「坎」二卦的象徵與風格的關係

　　　「離」卦象徵火，「坎」卦象徵水。《周易・正義》說：「坎象水，水處險陷，故爲陷也；離象火，火必著於物，故爲麗也」〔註151〕。可見離卦有「附麗」之義，再配合卦象中「外陽（剛）內陰（柔）」之勢，可看出「明燥」、「顯附」的特性；而坎卦的「險陷」之義，配合其「外陰（柔）內陽（剛）」之勢，及《周易・說卦傳》所說的「坎爲水，爲溝瀆，爲隱伏」，則可推演出「陰寒」、「隱晦」的特性。這兩卦可以說明風格類型中的「顯明」與「含蓄」之美。

　4.「震」、「巽」二卦的象徵與風格的關係

　　　從卦象的排序來看，「震」卦與「巽」卦已介於陰陽交替之界。「震」

〔註150〕陳望衡：「剛柔在藝術領域中最重要的意義在於它成爲兩大美學風格的代名詞。這就是陽剛之美與陰柔之美。用現代美學的概念來說即優美與壯美。」見陳望衡《中國古典美學史》（湖南教育出版社，1998年8月一版一刷），頁184。

〔註151〕見《周易正義》（十三經注疏本，臺北：藝文）。

卦象徵春雷鼓動，其「一陽入二陰」之勢，正說明「初起」之義，《易・說卦傳》：「震為雷……為蒼筤竹，為萑葦……於其稼也為反生，其究為健，為蕃鮮。」蒼筤竹即為初生之幼竹，而稼之反生指頂著種子的外殼破土萌生，此皆有幼芽潛萌、草木繁盛之義。故以「震」卦說明「初生」之德，是極為合理的。「巽」卦象徵風、木，風無所不入，木桀根於地，其卦又呈現「一陰入二陽」之勢，故有「初伏」、「漸入」之象。《易・說卦傳》所云「巽為木，為風……為進退，為不果」即是此義。「震」是由陽轉陰，「巽」是由陰轉陽，兩卦介於陰陽盛衰之際，運用在藝術風格的界定，可以解釋剛柔相濟的現象。

　　5. 八卦的陰陽趨向與風格的剛柔強度

　　　既以八種卦象之次序，反應了每一卦偏剛或偏柔的強度，那麼其所代表的風格也具有這種特性。就剛性風格而言，「雄渾」、「豪壯」、「遒勁」之風，具有最剛的質性；其次「悅動」、「明快」之風，剛性漸減；而「顯附」之風的剛性又減；最後「震」卦所象徵的剛性最少，而漸趨於柔。就柔性風格而言，「纖巧」、「婉約」、「飄逸」之風，具有最柔的特性；而「沉鬱」、「凝滯」等風格的柔性居次；其後「隱晦」之風的柔性又減；最後「巽」卦所象徵的柔性最弱，而漸趨於剛。先天八卦圖的排序，印證了風格類型以「剛柔」為根源的理論。而每一卦象所推演來的質性，雖不能涵蓋所有的風格品類，卻解釋了風格品類偏剛或偏柔的強度，對於辭章風格的判定，提供了初步的原則與規律，也提供風格品類最佳的哲學基礎。

三、「章法風格」的定品

　　　縱觀一般風格品類的分化與合流，儘管有如司空圖「二十四詩品」之繁複，其最終仍走向合流的論述，而統歸於「陽剛」與「陰柔」兩大類型。我們透過《周易》的闡述印證，建立風格品類的哲學基礎，更進一步確定了「陽剛」風格與「陰柔」風格的母性。可見姚鼐的「剛柔說」對於風格品類的統合，有其指導地位。周振甫曾針對姚鼐的「剛柔說」提出闡釋，他說：

在這裡，姚鼐把各種不同風格的稱謂，做了高度的概括，概括爲陽剛、陰柔兩大類。向雄渾、勁健、豪放、壯麗等都歸入陽剛類，含蓄、委曲、淡雅、高遠、飄逸等都可歸入陰柔類。就這兩類看，認爲「爲文者性情形狀舉以殊焉」，性情指作者之性格，跟陽剛、陰柔有關；形狀指作品的文辭，跟陽剛、陰柔有關。又指出這兩者「糅而氣有多寡進絀」，即陽剛陰柔可以混雜，在混雜中，陰陽之氣可以有的多有的少，有的消有的長，這就造成風格的各種變化。他雖然把風格概括爲兩大類，但又指出陰陽之交錯所造成的各種不同風格是變化無窮的，這又承認風格的多樣化。〔註152〕

由此可知，風格品類在「陽剛」與「陰柔」的統攝之下，依其剛柔成分的消、長、進、絀，呈現其多樣品貌。所以，辭章表現絕無「純陽剛」或「純陰柔」的風格，依其剛柔的成分比例，可能出現「剛中寓柔」、「柔中寓剛」或「剛柔相濟」的型態。而章法風格本以章法的「陰陽二元」作爲分析理論的基礎，則確定這三種風格型態，可視爲章法風格的基本類型。如果再進一步細分，「剛中寓柔」的風格類型，又可分爲陽剛成分較多的「偏剛」風格與陽剛成分較少的「剛中」風格；「柔中寓剛」的風格類型，同樣可分出陰柔成分較多的「偏柔」風格與陰柔成分較少的「柔中」風格，根據這樣的細分，在結合前述風格品類的分化、合流及其哲學論述，章法風格的三種基本類型可與一般風格品類相互參照。其對照表如下：

章　法　風　格		一　般　風　格
剛　中　寓　柔	偏　剛	雄渾、勁健、豪壯
	剛　中	悅動、明快、輕清
柔　中　寓　剛	偏　柔	沉著、纖巧、婉約
	柔　中	沉鬱、含蓄、重濁
剛　柔　相　濟		

〔註152〕見周振甫《文學風格例話》(上海教育出版社，1989年7月第1版)，頁13。

當然，此一對照表並無法涵蓋所有的風格品類，卻提供了一般風格品類的剛柔成分，也同時爲章法風格作了初步的定品。

第三節　章法風格與篇章風格之關係

　　探求文學作品的篇章風格，首先必須分析作品材料所展現的意象及其情理，並結合主旨及表現手法的探討，進而尋出作品的抽象力量。故研究辭章的主題、意象、修辭、文法、章法等範疇，皆可進一步推究其個別風格，這些個別風格與辭章的整體風格是息息相關的。就章法風格來說，章法的對比與調和，相應於風格的陽剛與陰柔，有其共通的哲學與美學根源；再以章法是屬於辭章的邏輯思維，其涉及材料的運用與主旨的安置，也關涉了形象思維的範疇，故藉由章法所抽繹出來的風格，實涵括辭章的形象與邏輯，與整體的風格更爲接近。在前二節章法類型概說及風格概述之後，本節將進一步提出章法風格與篇章風格的關係，以確立章法風格在篇章風格中的重要地位。

一、章法與風格的哲學根源相近

　　章法所探討的是篇章的邏輯，即由句連成節、由節連成段、由段連成篇的條理。這些條理是深植人心的一種邏輯規律，可相應於宇宙自然的生成與變化，所以，它與探討宇宙人生的哲學與科學的關係也相當的密切。〔註153〕

　　從章法的類型來說，章法是在「陰陽二元對待」的基礎上建立起來的，這種二元對待的關係，在每一種章法可自成陰陽的情況下，形成了「同類相從」的調和性章法，及「異類相應」的對比性章法，或有些是對比兼調和的中性章法。

　　從章法的規律來說，章法四大律中的「秩序」與「變化」，符合了宇宙中由變化形成秩序，再由秩序形成循環的規律；而「聯貫」律

〔註153〕參見陳滿銘〈論章法的哲學基礎〉，收錄於臺灣師大《國文學報》第三十二期（2002.12），頁87～88。

吻合了宇宙中局部與局部的聯貫現象，「統一」律則呼應於宇宙生成中會趨於整體統一的規律。（註 154）「秩序」與「變化」是宇宙中的「多樣」，而「聯貫」是「二」（二元對待），「統一」是「一」，章法四大律恰與「多、二、一」的邏輯結構相吻合，也呼應了哲學或美學中所謂「多樣的統一」、「對立的統一」等學說。

作品風格是辭章所展現之整體的風韻格調，即辭章藉由內容情理與形式技巧所產生的一種抽象力量。從上述風格品類的演進發展，及風格的哲學論述，可以印證多樣的風格品類最終必歸於「陽剛」與「陰柔」兩大類型，以這兩大類型落實於辭章的風格中，則可能形成「剛中寓柔」（偏剛）、「柔中寓剛」（偏柔）、「剛柔相濟」等風格類型。由此可知，多樣的風格品類可視爲「多」，「陽剛」與「陰柔」可視爲「二」，而展現在辭章當中的「偏剛」、「偏柔」或「剛柔相濟」等風格形式，則爲「一」，這又與宇宙的「多、二、一」結構吻合。此外，辭章的材料意象、修辭表現、語言邏輯及章法結構，分別包涵了辭章的「形象思維」與「邏輯思維」，而主旨呈現兼二者有之，風格則在主旨的基礎上展現出來。因此，在整個辭章學的領域當中，「意象」、「修辭」、「文法」、「章法」等範疇可視爲「多」，「形象思維」與「邏輯思維」可視爲「二」，主旨爲「一」，風格則是在「一」之上的「○」。所以在辭章學的「多、二、一（○）」結構中，風格佔了極爲重要的地位。

既以章法的「對比」與「調和」，可以相應於風格的「陽剛」與「陰柔」，兩者的哲學基礎乃殊途而同歸；而宇宙中所呈現的「多、二、一（○）」結構又同樣可以解釋章法與風格的種種現象，可知章法與風格具有相近的哲學根源。

〔註 154〕陳滿銘：「宇宙是離不開『動』的，而有了『動』，在過程中便一定會造成『變化』、形成『秩序』。就在造成『變化』、形成『秩序』的過程中，也一定會不斷地由局部與局部之『聯貫』（對比或調和），而逐步趨於整體之『統一』。」見〈論章法的哲學基礎〉，收錄於臺灣師大《國文學報》第三十二期（2002.12），頁 116。

二、章法風格涉及篇章的邏輯思維與形象思維

　　如前所述，探討篇章的整體風格，必須兼顧辭章所蘊含的形象思維與邏輯思維，才可以客觀而完整地檢視此一辭章的抽象力量。換言之，藉由「意象」、「修辭」等形象思維所演繹出來的風格，著眼於意象的形成與表現，仍是根據形象本身所外顯出來的感染力；而藉由「文法」、「章法」等邏輯思維所演繹出來的風格，乃著眼於材料意象之排列組合的規律，重點在其內在深層邏輯的分析，以探討風格形成的脈絡。因此，推擴至篇章主旨，乃至於探討整體辭章的風格，必須融合「意象」、「修辭」、「文法」、「章法」所呈現的個別風格，才足以體現辭章風格的全貌。值得注意的是，以形象思維角度切入所呈現的風格，是傳統「印象式」批評的模式，所憑藉的是辭章學家深厚的學養；而以邏輯思維角度切入所呈現的風格，是藉由客觀邏輯所形成的節奏韻律來探求風格形成之深層脈絡，其中「文法風格」是著眼於字句的節奏韻律，而以「章法」邏輯切入所呈現的「章法風格」，則著眼於探討篇章的節奏韻律，更相近於辭章整體的抽象力量，再加上章法本身除了具備邏輯思維之外，也涉及了材料運用與主旨安置，這些都是形象思維的範疇，可見章法是兼具邏輯與形象思維的，而它所形成的章法風格，當然也兼具這兩種思維，故能貼近辭章的深層脈絡與核心情理，對於探討篇章的整體風格助益極大。

三、章法風格從整體結構切入，最爲接近篇章風格

　　可見「章法風格」從辭章的整體結構切入，它在每一種章法可自成陰陽的基礎上，藉由每一結構所構成的「移位」與「轉位」的作用，探討其偏於陽剛或偏於陰柔的動勢，並由核心結構帶出辭章整體偏剛、偏柔或剛柔相濟的韻律，不僅深入探討辭章的內在邏輯，更照顧到辭章意象與主旨所展現的感染力量。因此，我們可以斷定，章法風格是由辭章整體結構所推演出來的抽象力量，與篇章的整體風格最爲接近。

結　語

　　透過章法類型的心理分析與美學探討，可以更深入瞭解每一種章法的特質；而論述風格品類的分化、合流與哲學基礎，則理清了辭章風格的定位，也據此爲章法風格初步定品。同時，我們在「對比」、「調和」與「陽剛」、「陰柔」之間取得了根源性的聯繫，「章法風格」之所以存在，可說是奠基於此一根源性的聯繫。

第三章　章法風格的哲學基礎

　　辭章是結合「形象思維」與「邏輯思維」而成的。文學作品中的形象思維，包括辭章的「立意」、「取材」及「措詞」等方面的問題；而邏輯思維則涉及辭章的「運材」、「佈局」、「構詞」等技巧。所以，探討辭章風格的形成，也必然關涉這兩種思維體系。〔註1〕「章法風格」的建立，乃利用章法的邏輯思維，探討風格形成的脈絡。由於章法是研究辭章的整體，故運用章法邏輯分析風格形成的規律，應與整體辭章之風格最爲接近。

　　由此可知，「章法風格」提供了形象分析之外的另一條路，它同章法一樣，都具有高度的邏輯性，故相應於宇宙自然的規律，應可進一步探究其哲學基礎。欲推溯「章法風格」的哲學根源，首先必須確

〔註1〕　文學作品乃結合人類的「形象思維」與「邏輯思維」而成。吳應天：
　　　　「形象體系中寓有邏輯性，邏輯體系中也包含著形象性，兩者不僅
　　　　互相聯繫、互相滲透，而且還互相結合、互相轉化。原因在於形象
　　　　性與邏輯性具有對立統一關係。正由於這個緣故，由於簡明扼要的
　　　　邏輯系統容易爲人們所理解，而生動具體的形象體系更容易使人感
　　　　動，所以許多文學作品往往是形象性和邏輯性結合的複合文。」見
　　　　《文章結構學》（北京：中國人民大學出版社，1989 年 8 月第 1 版），
　　　　頁 345。又陳滿銘：「合形象思維與邏輯思維爲一，探討其整個體性
　　　　的，則爲風格學。」見〈論章法與邏輯思維〉，收錄於《章法學論粹》
　　　　（臺北：萬卷樓，2002 年 7 月初版），頁 19。

定各種章法的「陰陽」，以作爲判定順、逆的依據；其次，探討章法之「移位」、「轉位」的哲學根源，是爲抽象的辭章風格尋得條理的重要步驟；最後，闡明「多、二、一（○）」結構的哲學基礎，以整體、宏觀的角度確立風格（○）在此邏輯結構中的定位，從而根據「多樣（多）→ 對立（二）→ 統一（一）」的規律，以逆推辭章的風格趨向。本章取中國哲學典籍爲本，並適時對照西方哲學理論，就上述的重點與程序，分節考察其相應的條理，期能爲「章法風格」尋得哲學基礎。

第一節　從章法結構的「陰陽」定位論辭章風格

章法結構類型有自成陰陽的對應關係（如「凡目」結構中，凡爲「陰」、目爲「陽」；「賓主」結構中，賓爲「陽」、主爲「陰」等），對於形成辭章風格的「陽剛」、「陰柔」有一定的作用。陳滿銘在〈論辭章的章法風格〉一文論及：

> 章法與章法結構，既然是建立在「陰陽二元對待」，亦即「剛」與「柔」互動的基礎上，當然與「剛柔」風格就有直接關係。而由章法與章法結構來解釋「剛柔」風格之形成，也自然最便利。因此要談章法風格之形成，就必須從章法本身與章法結構之陰陽、剛柔來探討。〔註2〕

可見章法結構的「陰陽二元對待」，與風格的「陽剛」、「陰柔」有密切的關係。本節將探究章法結構「自成陰陽」的哲學根源，並進一步確定各種結構類型的陰陽對應，以作爲探索風格的重要基礎。

一、章法「陰陽」定位的哲學思辨

辭章章法乃根源於宇宙事類、物類「兩相對待」的邏輯〔註3〕。

〔註2〕見陳滿銘《章法學綜論》（臺北：萬卷樓，2003年6月初版），頁302。
〔註3〕陳滿銘：「兩相對待之概念，無論出自《周易》或《老子》，都反映了宇宙人生事類、物類基本的一種邏輯關係，而它們落到辭章上來說，便形成了章法兩相對待（含對比與調和）之通則。」參見〈論

更進一步說，章法是以中國哲學之「陰陽二元」的對待關係為基礎而建構起來的。因此，章法的各種結構類型都可以對應於二元對待關係而自成陰陽。在中國古代的哲學典籍中，對於「陰陽二元對待」的邏輯闡述頗多，而《周易》（含《易傳》）與《老子》的論述最為明顯。

以《周易》（含《易傳》）來說，其「六十四卦」的形成，乃根源於陰陽二爻的錯綜變化，如《易·說卦》所謂「觀變於陰陽而立卦」，就在說明八卦、六十四卦是以陰陽的各種變化建立起來的。所以《周易》六十四卦也基於陰陽二元對待而形成兩兩相偶的卦象。如：

　　乾（乾上乾下）與坤（坤上坤下）
　　需（坎上乾下）與訟（乾上坎下）
　　師（坤上坎下）與比（坎上坤下）
　　泰（坤上乾下）與否（乾上坤下）
　　同人（乾上離下）與大有（離上乾下）
　　既濟（坎上離下）與未濟（離上坎下）

《周易》運用陰陽二爻的反轉或相對，構成了三十二組兩兩相偶的的卦象，而每一組卦象又具有相對的象徵意義或特性，如《周易·雜卦》所言：

　　　乾，剛；坤，柔。比，樂；師，憂。臨、觀之義，或與或求。……震，起也；艮，止也。損、益，盛衰之始也。大畜，時也；無妄，災也。萃，聚也；升，不來也。謙，輕；而豫，怡也。……兌，見；而巽，伏也。隨，無故也；蠱，則飭也。剝，爛也；復，反也。晉，晝也；明夷，誅也。井，通；而困，相遇也。咸，速也；恆，久也。渙，離也；節，止也。解，緩也；蹇，難也。睽，外也；家人，內也。否、泰，反其類也。……革，去故也；鼎，取新也。小過，過也；中孚，信也。豐，多故也；親寡，旅也。離，上；而坎，下也。……大過，顛也；頤，養正也。既濟，定也；未濟，男之窮也。姤，遇也；柔遇剛也；……夬，

決也，剛決柔也。

其中「剛」與「柔」、「樂」與「憂」、「與」與「求」、「起」與「止」、「盛」與「衰」、「時」與「災」、「見」與「伏」、「速」與「久」、「外」與「內」、「去故」與「取新」、「多故」與「親寡」、「上」與「下」等，皆是針對六十四卦所闡述的要義或特性，也都是兩兩相對的概念。此要義或特性雖未加以辨其陰陽，卻是根源於陰陽二元而衍生出來的。《周易‧繫辭上》所謂「天尊地卑，乾坤定矣；卑高以陳，貴賤位矣；動靜有常，剛柔斷矣」，即已說明宇宙萬物乃以陰（柔）陽（剛）為基礎衍化而成。陳望衡更進一步說：

> 《周易》中的剛柔也不只是具有性的意義，它也用來象徵或概括天地、日月、晝夜、君臣、父子這些相對立的事物。而且剛柔也與許多成組相對立的事物性質相連屬，如動靜、進退、貴賤、高低，剛為動、為進、為貴、為高；柔為靜、為退、為賤、為低。〔註4〕

即已為「動靜」、「進退」、「貴賤」、「高低」等相對的概念確定了陰陽（剛柔）。漢代儒者曾針對陰陽定位的學說提出思辨，如董仲舒就闡述了「陰陽」及其「順逆」的概念，他說：

> 見天數之所始，則知貴賤逆順所在。……陽氣以正月始出於地，生育長養於上，至其功必成也，而積十月；人亦十月而生，合於天數也。是故天道十月而成，人亦十月而成，合於天道也。故陽氣出於東北，入於西北，於發孟春，畢於孟冬，而物莫不應是：陽始出，物亦始出；陽方盛，物亦方盛；陽初衰，物亦初衰；物隨陽而出入，數隨陽而終始；三王之正，隨陽而更起；以此見之，貴陽而賤陰也。故數日者，據晝而不據夜，數歲者，據陽而不據陰，陰不得達之義。……是故孝子之行，忠臣之義，皆法於地也，地事天也，猶下之事上也，地，天之合也，物無合會之義。是故推天地之精，銨陰陽之類，以別順逆之理，安

〔註4〕 見陳望衡《中國古典美學史》（湖南教育出版社，1998年8月第1版），頁184。

　　所加以不在？在上下，在大小，在強弱，在賢不肖，在善
　　惡，惡之屬盡爲陰，善之屬盡爲陽，陽爲德，陰爲刑，刑
　　反德而順於德，亦權之類也，雖曰權，皆在權成。是故陽
　　行於順，陰行於逆；逆行而順者，陽也，順行而逆者，陰
　　也。〔註5〕

董仲舒的思想多爲帝王而設，其《春秋繁露》延續了《周易》「扶陽
抑陰」的傳統。儘管這種「陽尊陰卑」的學說尚待商榷，而所謂「陽
行於順，陰行於逆；逆行而順者，陽也，順行而逆者，陰也」的說法，
仍透露了陰陽順逆的次序。如果我們結合季節中陰陽消長的變化來
看，一年之中十一月陰氣最盛，而同時一陽生，此後陰氣漸衰而陽氣
漸盛，可以看出「由陰而陽」的順行；五月陽氣最盛，而陰氣始萌，
此後陽氣漸衰而陰氣漸盛，可以看出「由陽而陰」的逆行〔註6〕。由
此推看，則陰陽之間的順逆次序已昭然若揭。

　　當然，「由陰而陽」的轉移爲順行、「由陽而陰」的轉移爲逆行的
學說，必然牽涉到「陰」爲「陽」之根源的概念。這種概念在以《周
易》爲主的「剛道」哲學中並不易見，卻能在《老子》的「守柔」思
想中尋得具體的證據。《老子》對於「陰陽」的闡述不多，而其論述
宇宙生成規律提出：

　　　　道生一，一生二，二生三，三生萬物，萬物負陰而抱
　　陽，沖氣以爲和。（第42章）

所謂「負陰而抱陽」，不僅說明了萬物「背陰向陽」的特性，更點出
了萬物始生是由陰向陽的順行發展。《老子》以此爲基礎，提出許多

〔註5〕　見賴炎元註譯《春秋繁露今註今譯・陽尊陰卑篇》（臺北：商務印書
　　　　館，1984年5月初版），頁290。
〔註6〕　漢代的「卦氣說」，如孟喜四正卦爲「坎、離、震、兌」，分配四時
　　　　——春分出於震，夏至爲離，秋分爲兌，冬至爲坎。「坎以陰包陽，
　　　　故自北正，微陽動於下，升而未達」；「離以陽包陰，故自南正，微
　　　　陰生於地下，積而未章。」而冬至在十一月，夏至在五月。參見《孟
　　　　喜易章句》（漢學堂叢書，清光緒十九年甘泉黃氏刻本）。關於四時
　　　　與陰陽順逆的問題，曾參考謝奇懿先生的討論，在此一併說明。

相反、相對的事物，如：

> 重爲輕根，靜爲躁君（第26章）
>
> 知其雄，守其雌，爲天下谿。……知其白，守其黑，
> 爲天下式。……知其榮，守其辱，爲天下谷。（第28章）
>
> 柔弱勝剛強。（第36章）
>
> 貴以賤爲本，高以下爲本。（第39章）
>
> 天下萬物生於有，有生於無。（第40章）
>
> 強大處下，柔弱處上。（第76章）

根據《老子》「夫物芸芸，各復歸其根」、「歸根曰靜，是謂復命」（第
16章）的原則，萬物具有復歸本性的能力，而「虛靜」爲萬物之本
源。故所謂「重」、「靜」、「雌」、「黑」、「辱」、「賤」、「下」、「無」等
概念皆可歸爲「柔弱」之屬，而「輕」、「躁」、「雄」、「白」、「榮」、「貴」、
「高」、「有」等則屬「剛強」之概念。《老子》以爲柔弱是剛強的主
宰，而剛強亦應以柔弱爲根本。這種主張直接印證了宇宙的陰陽化生
中，「陰柔」具備了主導與根源的質性。

在「後現代」思潮鼎盛的當代，西方的「女性主義」強調個人是
一「充滿衝突的主體性形式的場域」〔註7〕，不僅企圖解構父權思想
重視規範與秩序的傳統，更重新審視人類跳躍、多重的思考本質，當
然也批判了部分以男性思維所建構的社會意識〔註8〕。在她們打破性
別藩籬之時，更企圖恢復女性（陰性或具有陰性特質的個體）在語言
掌控、族群發展等方面的主導性與本源性。相應於《老子》所強調的
「陰柔」哲學，西方的女性主義反映了類似的生成規律。可見章法以
「陰陽二元」的對應爲基礎，其以「陰」爲本、以「陽」爲末的思辨

〔註7〕 參見克利絲·維登《女性主義實踐與後結構主義理論》（臺北：桂冠
圖書公司，1997年3月初版），頁113。

〔註8〕 以《聖經》爲例，上帝以亞當（Adam）的肋骨創造了夏娃（Eve），
傳達出男性創造女性的根源意識；而亞當具備了對事物命名的權
力，則賦予了男性在語言上的優先地位；這些都是當代女性主義所
要批評的對象。參見格雷·格林等《女性主義文學批評》（臺北：駱
駝出版社，1995年7月一版），頁211～231。

是相當正確的。

二、章法的「陰陽」定位與辭章風格的關係

　　根據上述的思辨，我們為章法結構的陰陽、順逆確立了哲學基礎。換言之，凡事物具有「沈重」、「晦暗」、「卑下」、「虛無」等特質者，多可歸入「陰柔」的範疇；而具有「浮動」、「光明」、「高遠」、「實有」等特質的事物，則多歸入「陽剛」的範疇。因此，根據這種陰陽定位的原則，可以推衍出各種章法本身的陰陽或剛柔，並進一步確定其順逆關係。茲以常見的章法為例，表列如下：

章　　法	陰（柔）	陽（剛）	順	逆
今昔法	昔	今	由昔而今	由今而昔
遠近法	近	遠	由近而遠	由遠而近
大小法	小	大	由小而大	由大而小
內外法	內	外	由內而外	由外而內
本末法	本	末	由本而末	由末而本
虛實法	虛	實	由虛而實	由實而虛
正反法	正	反	由正而反	由反而正
立破法	立	破	由立而破	由破而立
凡目法	凡	目	由凡而目	由目而凡
因果法	因	果	由因而果	由果而因
圖底法	底	圖	由底而圖	由圖而底
賓主法	主	賓	由主而賓	由賓而主
抑揚法	抑	揚	由抑而揚	由揚而抑
點染法	點	染	由點而染	由染而點
情景法	情	景	由情而景	由景而情

　　我們確知每一種章法的陰陽或剛柔之後，就可以落實到辭章結構之中，判定其順向（陰→陽）或逆向（陽→陰）的移位，以及「陰→陽→陰」或「陽→陰→陽」的轉位。而順向的「陰→陽」所呈現的是趨

於陽剛的節奏，逆向的「陽→陰」所呈現的是趨於陰柔的節奏，而且
逆向移位的節奏較爲強烈；至於「陰→陽→陰」的轉位更強化了陰柔
的力量，而「陽→陰→揚」的轉位所強化的是陽剛的力量。由此可知，
在分析辭章整體風格的過程中，章法的「移位」與「轉位」固然是形
成風格的重要因素，而先前對於每一種章法的陰陽、順逆，更必須準
確地判定，才能作爲順、逆向移位與轉位的重要依據。以唐詩爲例，
如杜甫的〈蜀相〉詩云：

> 丞相祠堂何處尋，錦官城外柏森森。映階碧草自春色，
> 隔葉黃鸝空好音。三顧頻煩天下計，兩朝開濟老臣心。出
> 師未捷身先死，長使英雄淚滿襟。

作者以描寫丞相祠堂的實景起筆，繼以「先揚後抑」的筆法虛想蜀漢
忠臣的境遇，不僅感懷諸葛孔明的功過，同時也抒發了自身的遭遇。
根據詩中的義蘊，可以畫出結構表，並確定各章法之陰陽如下：

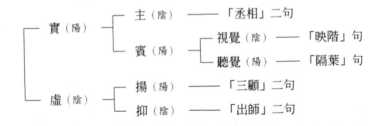

在此結構分析表中，底層的「視覺→聽覺」是「陰→陽」的順向移位；
次層的「主→賓」也是「陰→陽」的順向移位，而「揚→抑」則是「陽
→陰」的逆向移位；頂層的「實→虛」是全詩的核心結構，其「陽→
陰」的逆向移位所產生的節奏，對於整體風格具有決定性的影響。所
以判定核心「虛實」結構的陰陽，再結合其他輔助結構如「賓主」、「抑
揚」、「知覺轉換」等章法的陰陽消長，是分析此詩風格趨於陰柔的基
本步驟。再如劉禹錫的〈送春詞〉云：

> 昨來樓上迎春處，今日登樓又送歸。藍蕊殘妝含露泣，
> 柳條長袖向風揮。佳人對鏡容顏改，楚客臨江心事違。萬

古至今同此恨，無如一醉盡忘機。

作者首先點明登樓送春的情境，其後再以「先因後果」的筆法，抒發春來春去、物是人非的惆悵。根據此詩的義蘊，可以畫出結構表，並確定其陰陽如下：

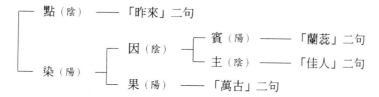

結構表的底層包含頷聯與頸聯四句，其明確的賓主關係形成結構中「陽→陰」的逆向移位；三層的「點→染」結構無涉於全詩主旨，故全詩的核心結構應落於次層的「因→果」之中，而其「陰→陽」的順向移位所產生的節奏，也直接影響全詩的風格偏往陽剛。

可見確定章法與章法結構的陰陽，再結合章法的移位、轉位現象所分析出來的陰陽，已經非常接近辭章風格的陽（剛）或陰（柔）。

第二節　從章法的「移位」、「轉位」論辭章風格

宇宙間有一股生生不息的原動力,這股力量推動著萬事萬物不斷地運動，使之形成秩序，造成變化，並建立彼此的聯貫而臻於統一的境界。中國古代哲學非常重視這種力量，如《周易》的「太極」、《老子》的「道」、以及《中庸》所說的「至誠」等概念，皆在說明這種力量的存在。古人觀察這種力量而建立了哲學之理，若投射於文學、藝術，同樣可以見出文學、藝術的發展規律。陳滿銘在〈論辭章章法的四大律〉中提到：

> 語云:「人同此心，心同此理」，這個「理」換句話說，就是「誠」。它透過人之「心」，投射到哲學上，即成哲學之理；投射到藝術（音樂、繪畫、電影等）上，變成爲藝術之理，而投射到文學上，當然就成文學之理了。如進一步將此

　　文學之理落到「章法」上來說，則是「章法」之理，那就是：
秩序、變化、聯貫、統一。此四者，不但在心理上以它們爲
基礎呈現『善』，在章法上也以它們爲原則，呈現『眞』，而
在美感上更以它們爲效果，呈現『美』。」〔註9〕

所謂「秩序」、「變化」、「聯貫」與「統一」，不僅是章法的四大規律，
也足以解釋宇宙變動、生成的各種現象，對於各種章法現象，更具有
統合、指導的作用。仇小屛在〈論辭章章法的移位、轉位及其美感〉
一文中，就以四大律來說明章法「移位」與「轉位」的現象。她說：

　　　　任何一種文學作品，爲了表達不同的情意，其展現的
「力」也有所不同。就章法結構而言，合乎秩序律所產生
的「力」的改變，稱爲「移位」，其章法結構中的二元呈現
「本末」的關係；合乎變化律所產生的「力」的改變，稱
爲「轉位」，其章法結構呈現了「往復」的現象。這兩種力
的變化仍有程度上的不同：「移位」的變化程度較爲緩和，
而「轉位」的變化程度較爲激烈。〔註10〕

「移位」與「轉位」各有其美感效果，而推溯其源頭，不僅合於章法
的四大律，更合乎宇宙自然的律動。因此，運用哲學的思辨，可以解
釋「移位」與「轉位」的現象。本節以《周易》（含《易傳》）、《老子》
爲考察對象，並結合西方哲學中「結構」與「解構」的概念，期能爲
章法的「移位」、「轉位」尋得哲學根源，進而探求「移位」、「轉位」
與辭章風格的關係。

一、章法「移位」、「轉位」的哲學思辨

（一）《周易》（含《易傳》）的「移位」、「轉位」思想

　　如上節所述，《周易》（含《易傳》）的思想主要是建構在以「陰
陽」爲基礎的二元對待。也就是以陰（－－）、陽（－）二爻的交錯

〔註9〕見陳滿銘〈論辭章章法的四大律〉收錄於《章法學論粹》，頁17。
〔註10〕見仇小屛〈論章法的移位、轉位及其美感〉，《辭章學論文集》上冊
　　　（福州：海潮攝影藝術出版社，2002年12月一版一刷），頁98～122。

變化衍爲四象，再由四象衍爲八卦、六十四卦。《易·繫辭上》所謂「《易》有太極，是生兩儀，兩儀生四象，四象生八卦，八卦定吉凶，吉凶生大業」，即說明了《周易》六十四卦的推衍過程。而六十四卦中，每一卦各有六爻，分處六級高低不同的等次，象徵事物發展過程中所處的地位、條件或身分；六十四卦之間也有其編排次序，不僅揭示諸卦前後相承的意義，也說明了宇宙自然事物相反、相因的發展規律。因此，無論從每卦的「爻位」或是六十四卦的「卦序」來看，皆可透析爻與爻、卦與卦之間的轉移與變化，可用於解釋移位、轉位的現象。

　　以「爻位」而言，每卦的六級爻位乃由下而上依次遞進，稱爲「初」、「二」、「三」、「四」、「五」、「上」。這種由下而上的排列方式，象徵著宇宙萬物生長變化的規律，體現了從低級向高級的漸次進展現象。而《易·繫辭下》所謂「六者非他也，三才之道也」，及《易·說卦》所謂「兼三才而兩之」，亦指出天、地、人三才與六級爻位的關係，即初、二象徵「地」位，三、四象徵「人」位，五、上象徵「天」位。依據這些概念，我們可以將六級爻位的基本特點圖列如下：〔註11〕

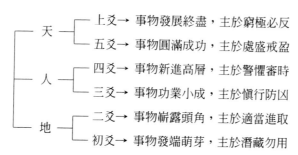

當然，各卦之各爻在具體環境及陰陽交疊中有其複雜錯綜的變化，而上圖各爻所敘述的象徵義則概括其大要。從「初爻」到「上爻」的排列，既象徵著事物生長、變化由低級向高級發展的規律，故「初→二

〔註11〕　參見黃壽祺、張善文《周易譯註》（臺北：頂淵文化公司，2000 年 2 月初版），頁 42。

→三→四→五」的移動變化，可視爲一種簡單的順向「移位」。此外，爻與爻之間也存在其他互動關係。此互動關係基本上分爲「乘」、「承」、「比」、「應」四種，凡上爻（爲陰）乘凌下爻（爲陽）謂之「乘」，而下爻緊承上爻謂之「承」，逐爻相連並列謂之「比」，下卦三爻與上卦三爻兩兩交感對應謂之「應」。「乘」、「承」僅在表現《周易》「扶陽抑陰」的思想，而值得特別注意的是，「爻位的互比關係（比），乃象徵事物處在相鄰環境時的作用與反作用；而爻位的對應關係（應），則象徵著事物矛盾、對立之中所存在的和諧、統一的運動規律。」〔註12〕由此可知，互比關係可視爲爻與爻之間小幅度的移動變化，而對應關係則是爻位之間的大幅度移動，這種具有秩序規律的移動，已包含了順向與逆向兩種移位關係。至於初爻象徵「事物的發端萌芽」，發展至五爻的「圓滿成功」已代表著事物移動變化的一個完整過程，而向上發展至上爻，卻出現了終盡而「窮極必反」的現象，使爻位呈現「往復」、「循環」的發展趨勢，若配合「三才」觀之，由「地」而「人」而「天」，再由「天」而「人」而「地」的往復循環，是一種符合「變化」規律的移轉，正可以說明萬物生成具有「轉位」的現象。

以「卦序」而言，《周易》六十四卦各有其相反、相因的關係與次序。最直接的證據就是《周易‧序卦》針對六十四卦所提出的編排次序。根據〈序卦〉所言，可得出六十四卦的排序如下：

乾→坤	→屯→蒙	→需→訟	→師→比	→小畜→履	→泰→否
→同人→大有	→謙→豫	→隨→蠱	→臨→觀	→噬嗑→賁	→剝→復
→無妄→大畜	→頤→大過	→坎→離 ──▶	(咸)		
咸→恆	→遯→大壯	→晉→明夷	→家人→睽	→蹇→解	→損→益
→夬→姤	→萃→升	→困→井	→革→鼎	→震→艮	→漸→歸妹
→豐→旅	→巽→兌	→渙→節	→中孚→小過	→既濟→未濟 ──▶	……

〔註12〕關於《周易》爻位「乘」、「承」、「比」、「應」的關係，參見黃壽祺、張善文《周易譯註》（同註11），頁44。

「離」、「大過」「頤」、「中孚」「小過」之類是也。〔註13〕
所謂「覆」，即「反轉成偶」；所謂「變」，即「相對成偶」。〔註14〕在
《周易》六十四卦當中，除了「乾」與「坤」、「坎」與「離」、「頤」
與「大過」、「中孚」與「小過」等四組是相對成偶的關係之外，其餘
各組卦象均爲反轉成偶的關係。而無論反轉或相對關係，〈序卦〉已
經注意到卦與卦之間「對比性」的聯繫，這種聯繫即說明了每一組卦
與卦之間的互動，也點出了物與物之間的順、逆向移位現象。此外，
〈序卦〉說明各卦排序，同時也闡述了卦位產生的原因。戴璉璋先生
對此歸納了四點說明：〔註15〕

　　1.相繼衍生：卦名或卦象所表示的事物或事態，在前後兩卦中，
後者是繼承前者所衍生的。如：

　　　　「需」者，飲食之道也。飲食必有訟，故受之以「訟」。
　　　訟必有眾起，故受之以「師」。「師」者，眾也。眾必有所
　　　比，故受之以「比」。「比」者，比也。比必有所畜，故受
　　　之以「小畜」。物畜然後有禮，故受之以「履」。

飲食（需）引起爭訟（訟），爭訟牽涉眾人（師），眾人自有親比（比），
親比引生積蓄（小畜），積蓄導致禮節（履）。這些事物的相繼衍生，
並非邏輯上的必然性，而是可能性，〈序卦〉作者即運用這種可能性
來強調因果關係的聯繫。

　　2.性質關聯：卦名或卦象所表示的事物或事態，在前後兩卦中，
後者是前者的性質。如：

　　　　「屯」者，物之始生也。物生必蒙，故受之以「蒙」。……
　　　「萃」者，聚也。聚而上者謂之升，故受之以「升」。

〔註13〕見《周易正義》（十三經注疏本，臺北：藝文）。
〔註14〕「反轉成偶」的結構如「屯」與「蒙」，「屯」的初、二、三、四、
　　　　五、上六爻，反轉過來，依次成爲「蒙」的上、五、四、三、二、
　　　　初；「相對成偶」的結構如「乾」與「坤」，其六爻皆爲陰陽相對之
　　　　勢。參見戴璉璋《易傳之形成及其思想》（臺北：文津出版社，1997
　　　　年2月初版），頁21～23。
〔註15〕參見戴璉璋《易傳之形成及其思想》，頁183～186。

「屯」、「蒙」二卦相聯，是因爲幼穉（蒙）是物之始生（屯）的屬性；「萃」、「升」二卦相聯是由於上升（升）表現了累聚（萃）的性質。

3.**實際需要**：卦名或卦象所表示的事物或事態，在前後兩卦中，後者是前者實際上所需要的。如：

夫婦之道不可不久，故受之以「恆」。「恆」者，久也。……
井道不可不革，故受之以「革」

「咸」、「恆」二卦相聯，是由於夫婦之道（咸）必須持之以恆（恆）。「井」、「革」二卦相聯，是由於井需要淘治或更新（革）。

4.**逆轉變化**：卦名或卦象所表示的事物或事態，在前後兩卦中，後者是來自前者的逆轉變化。如：

「泰」者，通也。物不可終通，故受之以「否」。物不
可終否，故受之以「同人」。

「泰」與「否」、「否」與「同人」的相互聯繫，是由於通泰（泰）的事物最後會轉變到閉塞（否）的情況。人處在閉塞的境況中，最後會轉變出與人溝通合作（同人）的品德。

這四點歸納，確實已涵蓋了六十四卦相承相因的原因。事物的相繼衍生、彼此的性質關聯與物物的實際需要，已經點出卦與卦之間「調和性」的聯繫，用此說明宇宙萬物的順向「移位」是相當合理的。而卦與卦之間的逆轉變化，印證了事物皆有「終極必反」的特性，其循環往復的趨勢以隱含著萬物具有「轉位」的現象。至於六十四卦始於「乾」、「坤」，終於「未濟」，〈序卦〉所言「物不可窮也，故受之以『未濟』終焉」，揭示了萬物生成具有無限發展的可能性。也就是說，以「未濟」告終，實則開創了另一個開始，而宇宙萬物就在不斷終始、不斷往復循環的過程中創生。黃慶萱說：

《周易》的「周」，有周流義，「易」有變易義，原含
「周流變易」之時觀。六爻代表較小規模之周流變易。六
十四卦之形成，象徵宇宙萬物在時間之流中演進之情況；

六十四卦之次序，又代表較大規模之周流變易。〔註16〕

又說：

> 《周易》每卦六爻，始於初，分於二，通於三，革於
> 四，盛於五，終於上。代表事物的小周流。再看六十四卦，
> 始於〈乾卦〉的行健自強，到了六十三卦的「既濟」，形成
> 了一個和諧安定的局面；接著的卻是「未濟」，代表終而復
> 始，必須做再一次的行健自強。物質的構成，時間的演進，
> 人士的努力，總循著一定的周期而流動前進，於是生命進
> 化了，文明日益發展。〔註17〕

所謂「終而復始」、「周期而流動前進」，就是在強調其不斷變化、不
斷循環演進的宇宙創生論。這個宇宙創生的理論不僅闡明了自然萬物
在「秩序」原則下的發展規律，同時也強調萬物的「變化」與「循環」，
這正說明了宇宙創生就是一種大的「轉位」現象。可見章法之「移位」、
「轉位」早有淵源，並自然符合了人情與事理。

（二）《老子》的「移位」、「轉位」思想

《老子》運用「弔詭」的言辭，在動亂的衰世中建立了一套「正
言若反」的語言邏輯。這種反向思考的邏輯，也同時凸顯《老子》思
想特別重視宇宙萬物相反、對立的現象。例如：

> 天下皆知美之為美，斯惡已。皆知善之為善，斯不善
> 矣。有無相生，難易相成，長短相形，高下相傾，音聲相
> 和，前後相隨。（第2章）
>
> 曲則全，枉則直，窪則盈，敝則新，少則得，多則惑。
> （第22章）
>
> 將欲歙之，必固張之。將欲弱之，必固強之。將欲廢
> 之，必固舉之。將欲奪之，必固與之。（第36章）
>
> 明道若昧，進道若退，夷道若纇，上德若谷，大白若

〔註16〕見黃慶萱《周易縱橫談》（臺北：東大圖書公司，1995年3月初版），
頁99。
〔註17〕同註16，頁236。

辱，廣德若不足，建德若偷，質德若渝，大方無隅，大器晚成，大音希聲，大象無形，道隱無名。（第41章）

上述「美」與「惡」（醜）、「善」與「不善」（惡）、「有」與「無」、「難」與「易」、「長」與「短」、「高」與「下」、「音」與「聲」〔註18〕、「前」與「後」、「曲」與「全」、「枉」與「直」、「窪」與「盈」、「敝」與「新」、「少」與「多」、「歙」與「張」、「弱」與「強」、「廢」與「舉」、「奪」與「固」、「明」與「昧」、「進」與「退」、「夷」與「纇」等，皆爲相反、對立的概念，《老子》運用了許多相反、對立的概念，強調萬物因對立而形成的秩序，以建立其發展的規律。這種思想是對現實社會的反動，如果運用黑格爾的辯證法，則屬於「由正到反」的邏輯〔註19〕。而對立的最終目的仍是統一，只有透過「對立」，才能呈現事物的另一片面，進而產生「相生」、「相成」、「相形」、「相傾」的作用，完成一個兼具普遍性（正）與個別性（反）的整體。因此，《老子》所提出的「對立」，雖然只強調反面的概念，而基於事物必趨向調和統一的規律，必然隱含著「由反到正」的力量。可見老子不僅承認事物的衝突，也承認衝突雙方的互相轉化，因爲任何事物的運動都是從其內在的衝突開始的。〔註20〕「由正到反」是屬於的順向的運動，而「由反到正」則爲逆向的運動，《老子》運用各種概念的「對立」，已清楚地解釋了事物的「移位」現象。

「對立」的概念只是《老子》宇宙生成系統中的一部分。從整體

〔註18〕「音」指自然之音，「聲」指人聲；或曰「音」爲音響，「聲」爲回音；兩者說法在概念上仍是相對的。

〔註19〕在黑格爾的「辯證法」中，事物的概念是「正」；概念所代表的實在爲個別事例，就否定了概念的抽象普遍性，是「反」；最後是二者的統一，是「否定的否定」，是「合」。《老子》的思想從否定概念出發，在黑格爾的「辯證法」中是屬於進一步的「反」的推展。參見劉福增《老子哲學新論》（臺北：東大圖書公司，1999 年 3 月初版），頁44～56。另黑格爾的「辯證法」，可參見朱光潛《西方美學史》上冊（臺北：頂淵文化，2001 年 6 月初版），頁 124。

〔註20〕參見張立文《中國哲學邏輯結構論》（北京：中國社會科學出版社，2002 年 1 月第 1 版），頁 147～148。

來看，「道」才是老子思想的核心。其言：

> 道生一，一生二，二生三，三生萬物。萬物負陰而抱陽，沖氣以爲和。(第42章)

從「天下萬物生於有，有生於無」(第40章)的觀念來看，「道生一」就是由無生有的過程，而「一」又分化爲陰陽二氣，二氣交合，進而產生「和氣」，如此不斷地交合、不斷地創生，便繁衍成萬物。萬物稟賦著陰陽而生，其陰陽二氣互相激盪所產生的和氣也不斷地調養萬物。可見「負陰抱陽」說明了陰陽之氣可上貫於「一」，更能下貫於萬物，是萬物移動變化的動力，其「陰（正）→ 陽（反）→ 和」的衍生過程恰與上述的辯證法不謀而合。從另一具體的角度來看，《老子》所言：

> 道生之，德畜之，物形之，勢成之。(第51章)

再次強調萬物固然由「道」而生，也必須各具一德，才能成爲一物。〔註21〕而「物形之，勢成之」則說明陰陽二氣使萬物成形，外在的氣候水土（勢）使萬物長成。然而「道」之長養萬物，卻是「生而不有、爲而不恃、長而不宰」，目的要使萬物「歸根」、「復命」於自然。所以，萬物長養並非宇宙生成的終點，其由靜而動、由動而靜的過程，隱含著一種生命的週期性。故《老子》曰：

> 有物混成，先天地生。寂兮寥兮，獨立而不改，周行而不殆，可以爲天下母。吾不知其名，字之曰道，強爲之名曰大。大曰逝，逝曰遠，遠曰反。故道大，天大，地大，人亦大。域中有四大，而人居其一焉。人法地，地法天，天法道，道法自然。(第25章)

所謂「大曰逝，逝曰遠，遠曰反」，不僅說明「道」的廣大無邊，同時也指出「道」具有「歸根」、返回「寂寥」的特性。因此，「人法地，地法天，天法道，道法自然」的規律，相對於「道生一，一生二，二

〔註21〕道是萬物生成的總原理，德是萬物從這個總原理中所得的一理。參見余培林《新譯老子讀本》(臺北：三民書局，1990年11月九版)，頁86。

生三，三生萬物」的順向發展，可視爲逆向的復歸過程。這種復歸過程在《老子》書中一再地被強調，如：

> 致虛極，守靜篤。萬物並作，吾以觀復。夫物芸芸，各復歸其根。歸根曰靜，是謂復命。復命曰常。知常曰明，不知常，妄作凶。知常容，容乃公，公乃全，全乃天，天乃道，道乃久。沒身不殆。（第16章）

> 知其雄，守其雌，爲天下谿，常德不離，復歸於嬰兒。知其白，守其黑，爲天下式。爲天下式，常德不忒，復歸於無極。知其榮，守其辱，爲天下谷。爲天下谷，常德乃足，復歸於樸。（第28章）

> 天下有始，以爲天下母。既得其母，以知其子；既知其子，復守其母，沒身不殆。（第52章）

所謂「萬物並作，吾以觀復。夫物芸芸，各復歸其根」、「常德不離，復歸於嬰兒」、「常德不忒，復歸於無極」、「爲天下谷，常德乃足，復歸於樸」、「既知其子，復守其母，沒身不殆」者，在在強調萬物的生長與活動，呈現一個從無到有，再從有反回無的規律。張立文在《中國哲學邏輯結構論》中所言：

> 從老子哲學的邏輯結構中，可以窺見：從「道」（無）開始的運動，通過「一」、「二」、「三」等階段的演化過程，派生了世界萬物；當「道」派生了萬物以後，就開始了「復歸」，最終復歸到「無」（道）。〔註22〕

已說明老子的「道」，即蘊含著一股「循環」、「往復」的力量，宇宙萬物就是依恃著這一股力量而生生不息、循環不止。而姜國柱對於《老子》之「道」更明白強調其「循環」、「往復」的特質。他說：

> 「道」的運動是周行不殆、循環往復的圓圈運動。運動的最終結果是返回其根：「復歸其根」、「復歸其樸」。這裡所說的「根」、「樸」都是指「道」而言。「道」產生、變化成萬物，萬物經過周而復始的循環運動，又返回、復歸

〔註22〕見張立文《中國哲學邏輯結構論》，頁147。

於「道」。老子的這個思想帶有循環論的色彩。〔註23〕
這裡所謂的「循環論色彩」，已明白揭示《老子》思想所蘊含的宇宙
創生的原始規律，用以詮釋事物的「轉位」現象，是非常合理的。

（三）中、西哲學對於詮釋「移位」、「轉位」的異同

　　透過對《周易》與《老子》的分析，可以見出中國哲學圓融而深
廣的特質。相較於當代西方哲學（含美學）的發展，「結構主義」與
「解構理論」可以和章法四大律中的「秩序律」與「變化律」互相參
照，進而推演出西方哲學所詮釋的「移位」與「轉位」現象。

　　「結構主義」的發展可以溯源到索緒爾（Saussure，1857～1913）
的語言學理論。他認為人的「言語」（parole）行為儘管千差萬別，
但都有共同的內在結構（「語言」（language））。其語言學理論中的語
言／言語、能指／所指、歷時／共時等二元對立的概念，是結構主
義的思維基礎。其後李維・史陀（Claude Levi-strauss，1908～　　）
的《結構人類學》從人與土地（文化／自然）的關係來分析希臘神
話的共同結構，同樣是運用二元對立的結構來闡釋人類及社會的發
展規律，使結構主義的理論趨於成熟。然而我們必須知道，結構主
義「是以封閉的語言系統作為意義的提供者，並在系統優先性的前
提之下，將文學研究帶入另一種形式主義的道路」〔註24〕，其所強
調的二元分立思維，固然為文學批評提供了一個恆定的模式，並強
調文學中的深層結構，卻忽略了語言在恆定系統之外，也存在著變
動、跳躍的特質。

　　所以，解構理論的興起，就是針對結構主義所強調的語言系統真
理性而提出質疑。如法國學者德里達（Jacques Derrida，1930-）認為，
通過解構（deconstruction），二元對立的態勢可以部分地被削弱，或

〔註23〕見姜國柱《中國歷代思想史・先秦卷》（臺北：文津出版社，1993
　　年12月初版），頁63。
〔註24〕見許琇禎《台灣當代小說縱論》（臺北：五南圖書公司，2001年5
　　月初版），頁49。

者在分解文本意義的過程中，可以看到對立的兩項在一定程度上互相削弱對方的力量。解構並非爲了證明這種意義的不可能，而是在作品（構）之中，解開、析出意義的力量（解），使一種解釋法或意義不致壓倒群解。〔註25〕由此可以推知，結構主義所強調的二元對立，在解構理論看來，其對立的兩方是可以互相轉化的。

法國另一文學理論家羅蘭・巴特（Roland Barthes，1915～1980）則企圖消解索緒爾的符號理論。索緒爾認爲，語言是作爲「能指的語音」和作爲「所指的概念」的結合。所以，語言中的能指（signifant）與所指（signifie）是同時存在的。而羅蘭・巴特卻強調，語言的能指和所指並不能構成索緒爾所謂的完整、固定的符號。因爲他發現，語言中每一所指的位置都可能被其他能指取代過，能指所指涉的與其說是一個概念（所指），不如說是另一些能指群，這就導致能指與所指的分裂。因此，文本（text）中的語詞符號就不再是明確固定的意義實體，而是一片「閃爍的能指星群」，它們可以互相指涉、交織、複疊。〔註26〕這理論已瓦解了結構主義學者所賴以持論的封閉的語言系統，同時也凸顯了解構理論所強調的語言的變動性與不確定性。

透過結構主義與解構理論的認知，可以發現當代西方哲學正在演化、還原一個知識生成的原貌。解構理論雖因結構主義而起，卻重現了知識（眞理）在建構「秩序」之前的「混沌」。若求其同而不求其異，中國《周易》的「周流變易」與《老子》的循環論，早已洞悉「變化→秩序→變化」的宇宙觀，對照於西方哲學的結構與解構，確實有相通之處。

章法奠基於「陰陽二元對待」的哲學，其移位現象就是在「陰」與「陽」有秩序的變動中形成順逆，與西方結構主義所強調的「秩序」是一致的。更值得一提的是，章法的轉位現象以「變化」原則爲基礎，

〔註25〕參見朱立元等《西方美學通史・二十世紀美學（下）》（上海文藝出版社，1999 年 12 月第 1 版），頁 364。
〔註26〕同註 25，頁 154。

我們在中國哲學的「循環論」中找到了它的哲學根源，更可以相應於西方解構理論所謂「變動」、「消解」的概念。可見章法的移位與轉位可以用來透析辭章深層結構中的節奏與韻律，更能還原辭章所具備的變動、跳躍的思維，它不僅是檢視抽象風格的必要條件，更是破除「章法是僵化、硬套」等謬論的利器。

二、章法的「移位」、「轉位」與辭章風格的關係

從上述思辨得知，《周易》與《老子》蘊含了「移位」、「轉位」的思想是可以被確定的，同時也印證了宇宙自然的生成與發展確實存在著「移位」與「轉位」的力量。而辭章章法源於自然的規律，必涵容這兩種力量而形成不同的節奏與韻律。茲舉幾種章法為例，表列說明章法的移位、轉位如下：

	移　　　　位		轉　　位
結構單元	正→反（順）	反→正（逆）	破→立→破
	凡→目（順）	目→凡（逆）	點→染→點
	點→染（順）	染→點（逆）	圖→底→圖
章法單元	先正後反→先凡後目（順）	先目後凡→先反後正（逆）	「正→反」與「反→正」
	先本後末→先虛後實（順）	先實後虛→先末後本（逆）	「點→染」與「染→點」
	先因後果→先論後敘（順）	先敘後論→先果後因（逆）	「圖→底」與「底→圖」

章法的移位與轉位所產生的力量並不相同，順向移位與逆向移位的力量亦有所差別。也就是說，順向移位所產生的力度較為穩定流暢，逆向移位的力度則因為逆勢而變得較為激盪騷動，至於轉位乃結合順、逆兩種力量，在往復變化中所形成的力度比前二者更為強大。這三種力量本身雖有陰陽之分，卻不足以確定章法結構的「陰」、「陽」，而是要看章法結構或單元內部的運動方向而定，如果結構或單元是向「陰」移動，則加強的是陰柔的力度；而結構或單元是向「陽」

的方向移動，則加強了陽剛的力度。〔註27〕因此，在每一個文學作品所呈現的「多、二、一（○）」結構當中，可以先確定核心結構（二）是向陰或向陽的移位或轉位，其次徹下結合其他輔助結構（多）所呈現的向陰或向陽的力度，最後徹上結合辭章主旨（一），那麼幾乎可以確定辭章整體向陰力度與向陽力度的多寡強弱。而辭章風格（○）本是一種抽象力量的表現，其主要型態可歸結爲「陽剛」與「陰柔」兩類〔註28〕。我們運用移位、轉位的觀念所推測出來的向陰或向陽的力度，應與這種抽象力量相當地接近。以宋詞爲例，如張孝祥的〈西江月〉：

> 問訊湖邊春色，重來又是三年。東風吹我過湖船，楊柳絲絲拂面。世路如今已慣，此心到處悠然。寒光亭下水連天，飛起沙鷗一片。

這闋詞表現了歷盡世事炎涼之後的坦然與自在。作者因爲主戰的思想與當朝議和派不合，遂兩度被彈劾落職，而宦海的風波不僅磨去了他年少的銳氣，也使他內心逐漸萌生一種回歸漁樵、排遣世情的襟懷。約在南宋高宗紹興三十二年春，作者自建康返回宣城，途經溧陽時，藉這闋〈西江月〉表達了內心的寫照。全詞以寫景起筆，景中的「東風」、「楊柳」，點燃了心中「世路已慣」、「此心悠然」的情懷，其後以結情，藉「山水」、「沙鷗」傳達內心舒坦開闊的襟懷。根據全詞的義蘊可以畫出結構表，並確定其陰陽如下：

- 景（陽）── 點（陰）──「問訊」二句
- 染（陽）──「東風」二句
- 情（陰）──「世路如今」二句
- 景（陽）── 底（陰）──「寒光亭」句
- 圖（陽）──「飛起」句

〔註27〕參見陳滿銘《章法學綜論》，頁305。
〔註28〕參見第二章第二節的論述。

從結構表可以看出，底層是由「點→染」與「底→圖」的順向移位構成，而次層以「景→情→景」的轉位形成，是全詞的核心結構。故整體辭章之移位與轉位所形成的韻律可用下圖表示：

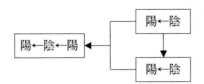

「點→染」與「底→圖」所強化的都是向「陽」的力度，而「景→情→景」的轉位所產生的向「陽」的力度更為強烈，可見整闋詞所呈現的是偏「陽」的節奏，對於形成「陽剛」的詞風有極大的影響。再如陸游〈秋波媚〉：

> 秋到邊城角聲哀，烽火照高臺。悲歌擊筑，憑高醉酒，此興悠哉！多情誰似南山月，特地暮雲開。灞橋煙柳，曲江池館，應待人來。

這首作品含蓄地傳達作者誓復中原的願望，約在南宋孝宗乾道八年，陸游年約四十八歲，正身在邊疆，藉這闋〈秋波媚〉抒寫了內心堅定而樂觀的愛國情操。全詞以實筆入手，藉視覺與聽覺的襯托，凸顯出主角擊筑、暢飲的興致；下片落入虛想，以長安終南山上的明月，及長安城中「灞橋煙柳，曲江池館」的景物，傳達了思念故土、恢復中原的美志。據全詞義蘊，可畫出結構表及其陰陽如下：

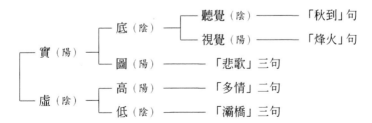

結構表的底層以「視覺→聽覺」的順向移位構成；次層「底→圖」亦為順向移位，而「高→低」則為逆向移位；三層的「實→虛」為逆向移位，是全詞的核心結構。故全詞之移位所形成的韻律可用下圖示之：

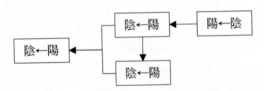

底層的「視覺→聽覺」與次層的「底→圖」皆爲順向移位，故所呈現的是偏於「陽」的力度；而次層的「高→低」所形成「陽→陰」的逆向移位，其呈現的是趨於「陰」的力度，此力度比前二者強烈；上貫至三層的「實→虛」結構，亦爲逆向的移位，由於是核心結構所在，其偏於「陰」的力度具有主導整體辭章韻律的作用，若結合二層偏「陰」之勢，並呼應作者含蓄的表現手法，則全詞偏「陰柔」的詞風已經非常明顯了。

　　從上述實際作品來看，章法的移位與轉位對於辭章風格的形成，確實存在著極大的作用。

第三節　從「多、二、一（○）」的結構論章法風格

　　所謂「風格」，是指具體事物所展現出的抽象力量或格調。就文學的層次而言，指的是辭章之思想內容與藝術形式的總體表現。〔註29〕既是辭章的總體表現，則必然可以從景（物）事、情理、意象、修辭等形象思維，及語法、章法等邏輯思維當中尋出辭章的整體風格。從創作的角度而言，作家以自身的才性爲本，首先確立一個中心思想（主旨），再以形象思維與邏輯思維融合運作，發爲辭章，以完成涵蓋多方面要素的文學作品，這是一個由「統一」而「多樣」的順向過程；從鑑賞的角度而言，我們透過對辭章材料的理解，從外圍的「景（物）事」以探索核心的「情理」，進而梳理出辭章的中心思想（主旨），並透過各種形象分析與邏輯推理，以確定辭章的風格取向，這是一個由「多樣」而「統一」的逆向過程。一般而言，我們談論風

―――――――――――

〔註29〕穆克宏：「文學風格是文學作品的思想內容和藝術形式的總的特色。」見〈劉勰的風格論芻議〉（《福建師大學報》1980 年第 1 期，頁 61）。

格多從鑑賞的角度入手。在這逆向過程中，透過形象思維以確定風格
的方式，是屬於直覺的分析，鑑賞者憑藉著自身的學養，頗能準確地
判定辭章的風格，卻往往訴諸直覺而缺乏條理性；而邏輯系統的簡明
扼要，適足以釐清這一過程的條理，如語法邏輯有助於字句條理的釐
清，而章法邏輯則涵蓋了辭章的整體表現，對於風格的形成更具有決
定性的地位。因此，欲探求辭章風格的生成規律，可從邏輯結構入手，
而章法的「多、二、一（○）」結構則提供了探索風格的可行之路。
本節將探討「多、二、一（○）」結構的哲學根源，並進一步闡述此
邏輯結構與辭章風格的關係。

一、「多、二、一（○）」邏輯結構的確立

在美學或哲學的範疇中，對於審美原則或變化規律，有所謂「多
樣的統一」、「對立的統一」〔註30〕等概念，這幾種概念再加以融合、
分析，則可以尋出「多、二、一（○）」的邏輯結構。這種邏輯結構
普遍存在於西方與中國的哲學當中，卻因爲中、西哲學家側重角度的
差異而被忽略。事實上，在「多樣」與「統一」之間，應存在著以陰
（柔）陽（剛）爲基礎的二元對待，對上復歸於「統一」，對下統攝
了「多樣」。陳滿銘說：

> 我們的祖先，生活在廣大「時空」之中，整天面對紛
> 紜萬狀之現象界，爲了探其源頭，確認其原動力，以尋得
> 其種種變化的規律，孜孜不倦，日積月累，先後留下了不
> 少寶貴的智慧結晶。大致說來，他們先由「有象」（現象界）
> 以探知「無象」（本體界），再由「無象」（本體界）以解釋
> 「有象」（現象界），就這樣一順一逆，往復探求、驗證，
> 久而久之，終於形成了他們的宇宙觀。而這種宇宙人生觀，

〔註30〕西方美學的發展，在古希臘哲學家如畢達哥拉斯學派所提出的「和
　　　諧來自對立」、「和諧是不同因素的統一」等觀念，以及赫拉克利特
　　　所強調的「對立的統一」，皆有類似的概念。參見《西方美學通史》，
　　　第一卷《古希臘羅馬美學》，頁67、87。

各家雖各有所見，但若只求其同而不求其異，則總括起來說，都可以從「（○）一、二、多」（順）與「多、二、一（○）」（逆）的互動、循環而提昇的螺旋關係上加以統合。〔註31〕這種順向與逆向的互動、循環，確實呈現了宇宙層層推展、循環不息的原始規律。而「多、二、一（○）」的逆向結構，適足以用來探求辭章風格的形成規律。

我們古代賢哲，在多樣、多變的現象界中，歷經千百歲月的探求，逐漸理出現象的本質，展現了「有象而無象」的歸根歷程〔註32〕。從零星的學說到系統化的發展，可大致分爲三方面來看：

（一）「多、二、一（○）」結構的雛形

「多、二、一（○）」的結構，經過了一段長久的歷程才逐漸形成。在《周易》與《老子》之前，已有許多古籍論及相關的概念，可以視爲此結構的雛形。〔註33〕如《尚書・洪範》的五行說提到「認知事物簡單的多樣性」〔註34〕，及《管子・地水》「水作爲世界多樣性的統一」〔註35〕的說法，已涉及「多樣」、「統一」的概念。而更值得我們注意的是，春秋時代的史伯與晏嬰所提出的「和」與「同」的概念。《國語・鄭語》曾記載史伯爲鄭桓公論周朝興衰提到：

公曰：「周其弊乎？」對曰：「殆於必弊者也。泰誓曰：

〔註31〕見〈論「多」、「二」、「一（○）」的螺旋結構—以《周易》與《老子》爲考察重心〉，收錄於《章法學綜論》，頁459～506。

〔註32〕同註31。

〔註33〕參見陳滿銘〈論「多、二、一（○）」的螺旋結構—以《周易》與《老子》爲考察重心〉，收錄於《章法學綜論》，頁459～506。

〔註34〕張立文：「《洪範》中五行說只是認知事物簡單的多樣性，但已深入到事物之間的聯繫和差別中去研究，爲進一步認知事物的本質開闢了思路和途徑。」見《中國哲學邏輯結構論》，頁110。

〔註35〕張立文：「水無所不在，無處不有，集於天地，而藏於萬物。產於金，集於諸生，自然現象的無限多樣性生於水，水便成爲世界多樣性的統一。管仲認爲，水作爲世界多樣性的統一，不僅包括自然界，而且還包括社會意識領域以及人的性格等等。」見《中國哲學邏輯結構論》，頁113。

『民之所欲，天必從之。』今王棄高明昭顯，而好讒慝暗
昧；惡角犀豐盈，而近頑童窮固。去和而取同。夫和實生
物，同則不繼。以他平他謂之和，故能豐長而物歸之；若
以同裨同，盡乃棄矣。故先王以土與金木水火雜，以成百
物。是以和五味以調口，剛四支以衛體，和六律以聰耳，
正七體以役心，平八索以成人，見九紀以立純德，和十數
以訓百體。出千品，具萬方，計億事，材兆物，收經入，
行？極。故王者居九？之田，收經入以食兆民，周訓而能
用之，和樂如一。夫如是，和之至也。於是乎先王聘后於
異姓，求才於有方，擇臣取諫工而講以多物，務和同也。
聲一無聽。物一無文，味一無果，物一不講。王將棄是類
也而與剸同。天奪之明，欲無弊，得乎？」〔註36〕

史伯認為周朝衰弊之因在於周王「去和而取同」。在此他提出了「和」
的抽象概念，並擴充《尚書・洪範》的五行說，具體地從四支、五味、
六律、七體、八索、九紀到十數、百體、千品、萬方、億事、兆物、
經入（或作京，為萬兆）、垓極（萬萬兆），體認到事物具備多樣性與
多元性的衝突融合。所謂「以他平他謂之和，故能豐長而物歸之」就
是這種多樣事物的融突，所以「和」才能豐長萬物；相對地「同」則
是無差別的絕對等同，是相同事物的相加，不能產生新的事物，而萬
物也就不能繼續發展。〔註37〕由此可見，史伯所提出的四支、五味、
六律、七體、八索、九紀、十數、百體、千品、萬方、億事、兆物、
經入、垓極，就是「多」（多樣），而「和」就是「一」（統一），如此
形成了「多而一」的結構。〔註38〕後來晏嬰對「和」與「同」的區別，
作了更進一步的論述。《左傳・昭公十二年》記載晏嬰諫齊侯，提到
了「和」與「同」的問題，其云：

〔註36〕見易中天《新譯國語讀本》（臺北：三民書局，1995 年 11 月初版），
　　　　頁 707～708。
〔註37〕參見張立文《中國哲學邏輯結構論》，頁 22～23。
〔註38〕參見陳滿銘〈論「多、二、一（○）」的螺旋結構—以《周易》與《老
　　　　子》為考察重心〉收錄於《章法學綜論》，頁 459～506。

齊侯至自田，晏子侍於遄臺，子猶馳而造焉。公曰：「唯
據與我和夫！」晏子對曰：「據亦同也，焉得爲和？」公曰：
「和與同異乎？」對曰：「異。和如羹焉，水、火、醯、醢、
鹽、梅，以烹魚肉，燀之以薪，宰夫和之，齊之以味，濟其
不及，以洩其過。君子食之，以平其心。君臣亦然，君所謂
可而有否焉，臣獻其否以其可；君所謂否而有可焉，臣獻其
可以去其否；是以政平而不干，民無爭心。故《詩》曰：『亦
有和羹，既戒既平。鬷嘏無言，時靡有爭。』先王之濟五味、
和五聲也，以平其心、成其政也。聲亦如味，一氣、二體、
三類、四物、五聲、六律、七音、八風、九歌，以相成也；
清濁、小大、短長、疾徐、哀樂、剛柔、遲速、高下、出入、
周疏、以相濟也。君子聽之，以平其心。心平，德和。故《詩》
曰：『德音不瑕』。今據不然。君所謂可，據亦曰可；君所謂
否，據亦謂否。若以水濟水，誰能食之？若琴瑟之專壹，誰
能聽之？同之不可也如是。」〔註39〕

「同」是同一事物的加多或重複，如「以水濟水」、「琴瑟之專壹」等
現象即是。〔註40〕晏嬰的說法與史伯並無太大的差別；而晏嬰所謂的
「和」，是指「一氣、二體、三類、四物、五聲、六律、七音、八風、
九歌」之「相成」，已經溯及「一、二、三」的根源；同時亦指「清
濁、小大、短長、疾徐、哀樂、剛柔、遲速、高下、出入、周疏」之
「相濟」，如此進一步呈現了多樣性中的「對待」關係，形成「二」
的雛形。這種對待觀念的出現，對於《周易》（含《易傳》）與《老子》
「二元對待」的哲學，具有明顯的啓發作用。

（二）《周易》（含《易傳》）中的「多、二、一（○）」結構

《周易》（含《易傳》）以陰陽二元的基礎形成了八卦，其可以分
成四組兩兩相對的卦象，即乾「三連」而坤「六斷」、震「仰盂」而

〔註39〕 見洪順隆《左傳論評選析新編》（臺北：中國文化大學出版部，1982
年10月初版），頁915。
〔註40〕 參見張立文《中國哲學邏輯結構論》，頁22～23。

艮「覆碗」、離「中虛」而坎「中滿」、兌「上缺」而巽「下斷」。所謂「三連」與「六斷」、「仰盂」與「覆碗」、「中虛」與「中滿」、「上缺」與「下斷」，正是兩相對待的關係，形成一種簡單的「二元對待」之邏輯結構。〔註41〕復由八卦推衍出六十四卦，以象徵或反映宇宙人生的種種規律，其卦象雖趨於複雜，依然存有「二元對待」的關係。宋儒依伏羲先天八卦「乾兌離震巽坎艮坤」的次序，分別「由下而上」及「由右而左」排列，重疊成六十四卦。如下表〔註42〕：

坤	艮	坎	巽	震	離	兌	乾	上卦／下卦
坤	剝	比	觀	豫	晉	萃	否	坤
謙	艮	蹇	漸	小過	旅	咸	遯	艮
師	蒙	坎	渙	解	未濟	困	訟	坎
升	蠱	井	巽	恆	鼎	大過	姤	巽
復	頤	屯	益	震	噬嗑	隨	無妄	震
明夷	賁	既濟	家人	豐	離	革	同人	離
臨	損	節	中孚	歸妹	睽	兌	履	兌
泰	大畜	需	小畜	大壯	大有	夬	乾	乾

從上表得知，否卦乃由「乾上坤下」重疊而成，相對於泰卦之「坤上乾下」，兩者形成明顯的對應，而《易·雜卦傳》云：「否、泰，反其類也」，在卦的特性上更具有對待關係。其他卦象如：

〔註41〕參見陳滿銘〈論「多、二、一（○）」的螺旋結構—以《周易》與《老子》爲考察重心〉，收錄於《章法學綜論》，頁459～506。
〔註42〕見邵雍《皇極經世·觀物內篇》及朱熹《周易本義》。

遯與大畜、訟與需、姤與小畜、無妄與大壯、同人與
大有、履與夬、萃與臨、咸與損、困與節、大過與中孚、
隨與歸妹、革與睽、晉與明夷、旅與賁、未濟與既濟、鼎
與家人、噬嗑與豐、豫與復、小過與頤、解與屯、恆與益、
觀與升、漸與蠱、渙與井、比與師、寒與蒙、剝與謙。

透過八卦的重疊衍生，形成了上述兩兩相偶、互爲對比的卦象，它們
都存在著明顯的二元對待關係。此外，卦與卦之間，也有顚倒相對的
情況，如「損與益」、「大畜與無妄」〔註43〕等；有左右陰陽相對的情
況，如「小過與中孚」、「頤與大過」〔註44〕等。這些對待關係，皆可
稱之爲「異類相應的聯繫」〔註45〕。

　　相對於異類相應的聯繫，也必然存在「同類相從的聯繫」，這種
「同類相從的聯繫」是從史伯、晏嬰所說「同」的概念而來。而史伯、
晏嬰之「同」，是指「相同事物的加多或重複」；到了《周易》則爲同
類事物的「相從」，如上表六十四卦中的乾（乾上乾下）、兌（兌上兌
下）、離（離上離下）、震（震上震下）、巽（巽上巽下）、坎（坎上坎
下）、艮（艮上艮下）、坤（坤上坤下），其上卦與下卦的重疊是以乾
與乾、兌與兌、離與離、震與震、巽與巽、坎與坎、艮與艮、坤與坤
等同一卦象所成，這就構成了「同類相從的聯繫」。因此，異類相應
的聯繫可以視爲「對比性的對待」，而同類相從的聯繫就是「調和性
的對待」了。

　　綜上所言，《周易》六十四卦象徵著宇宙人生的各種變化，每個
卦象各自形成了「多樣的二元對待」，此爲「多」；至於六十四卦分爲
「同類相從」與「異類相應」之兩種對待型態，歸納出「調和性」與
「對比性」的對待方式，而一切的「對比」與「調和」，都是陰、陽

〔註43〕　《周易·雜卦傳》：「損、益，衰盛之始也。大畜，時也；無妄，災
　　　　　也。」說明其特性形成對比。

〔註44〕　《周易·雜卦傳》：「小過，過也；中孚，信也。……大過，顚也；
　　　　　頤，養正也。」說明兩者卦性的對比。

〔註45〕　參見戴璉璋《易傳之形成及其之思想》，頁196。

相對、相交、相和的結果〔註46〕，故知六十四卦的衍生，即以陰陽二爻的交錯變化而成。此爲「二」；而宇宙之源就是在陰陽交互變化的作用之下，創生天地萬物，而達於統一和諧的境界。故《易・繫辭傳》說到「一陰一陽之謂道」、「窮則變，變則通，通則久」、「天地絪縕，萬物化醇，男女構精，萬物化生」，就在說明此理。而陳望衡在《中國古典美學史》中關於《周易》美學思想提到：

> 《周易》中的陰陽理論強調的不是相反事物的對立，而是相反事物的相交、相和。《周易》認爲，陰陽相交是生命之源，新生命的產生不在於陰陽的對立，而在於陰陽的交感、統一。因此，陰陽的相合不是量的增加，是創造。因此，陰陽相交、相合的規律就是創造的規律。〔註47〕

所謂陰陽相交、相和而達於和諧（統一）的境界，可以視爲陰陽（剛柔）的統一。此爲「一」。至此即可清楚看出《周易》之「多、二、一」的結構。

從《周易》到《易傳》並未明顯闡述「一」（太極）之上的「○」，直到宋代理學融會了道家的思想，才正式提出「無極而太極」的概念，至此《周易》的「多、二、一（○）」結構才算完成。

此外，更值得我們注意的是，這種陰陽（剛柔）的統一，雖指陰陽（剛柔）的相濟與適中，表面上似乎只容許陰陽（剛柔）各半相濟、絕對適中，而達於「大統一」（中和）的境界。但反觀天地運行，不息不斷，乃因爲陰陽（剛柔）互相參濟、互相轉化之故，其陰陽（剛柔）之間絕不可能各半而適中。對此，陳望衡又強調：

> 《周易》強調的不是陰陽、剛柔之分，而是陰陽、剛柔之合。這一點同樣在中國美學、藝術中留下深廣的影響。中國美學向來視剛柔相濟的和諧爲最高理想。中國的藝術

〔註46〕 參見陳滿銘〈論「多、二、一（○）」的螺旋結構—以《周易》與《老子》爲考察重心〉，收錄於《章法學綜論》，頁459～506。又《易・說卦》云：「觀變於陰陽而立卦」。

〔註47〕 見陳望衡《中國古典美學史》，頁182。

批評學也總是以剛柔相濟作為一條最高的審美準。於是，
中國的藝術家們也都自覺地去追求剛柔的統一，並不一味
地去追求純剛或純柔，而總是或柔中寓剛，或剛中寓柔。
劉熙載是我國清代卓越的藝術批評家，他的《藝概》一書，
涉及文、詩、賦、詞、曲、書法等藝術領域，有不少精闢
的論斷，他最為推崇的藝術審美理想就是剛柔相濟。〔註48〕

這裡所說的「剛中寓柔」和「柔中寓剛」，都只是宇宙生成中的小統
一而已。而「剛中寓柔」所形成的是「對立式的統一」；「柔中寓剛」
所形成的是「調和式的統一」。這種「統一」的思想，不僅在中國哲
學上具有影響力，對於美學和文學，甚至風格的形成，亦有相當的啟
發作用。〔註49〕

（三）《老子》思想中的「多、二、一（○）」結構

《老子》思想產生於變化紛紜、征戰頻仍的亂世，他面對紛亂的
現象界，認清了多樣、多變的世界並非宇宙的真貌，於是提倡「致虛」、
「守柔」、「無為」的工夫，運用相異於世俗的邏輯，以求得一個和諧、
統一的境界。他說：

致虛極，守靜篤。萬物並作，吾以觀復。夫物芸芸，
各復歸其根。歸根曰靜，是謂復命。復命曰常。知常曰明，
不知常，妄作凶。知常容，容乃公，公乃全，全乃天，天
乃道，道乃久。沒身不殆。（第16章）

人的心靈原是清明寧靜，而私欲的存在往往使它蔽塞。所以老子強調
「致虛」、「守靜」的工夫，期能去除人為的知識與私欲，如此才能真
正見出萬物從無到有，再從有反無的規律。〔註50〕而老子更強調萬物
必然「各復歸其根」，就在說明多樣多變的萬物有其根源，歸復其根
原就是復歸事物的本性，而這個本性就是「道」，可說是一個寧靜、

〔註48〕見陳望衡《中國古典美學史》，頁186～187。
〔註49〕參見陳滿銘〈論「多、二、一（○）」的螺旋結構─以《周易》與《老
子》為考察重心〉，收錄於《章法學綜論》，頁494。
〔註50〕參見余培林《老子讀本》，頁40。

自然、和諧的境界。落到本體論的哲學思辨，老子更明白地說到：

> 人法地，地法天，天法道，道法自然。（第25章）
>
> 反者道之動，弱者道之用。天下萬物生於有，有生於
> 無。（第40章）

天地是「有」，其覆載萬物無私無欲，故曰「天下萬物生於有」；人效法天地的無私，而天更效法道的「被養萬物而不爲主」，道則完全出乎自然之本性，是老子所謂的「無」，故曰「有生於無」。從「多樣的萬物」到「有」，再從「有」到「無」，我們看到了「多而一（○）」的復歸歷程。至於「反者道之動」，不僅指出大道運行之相反相成，也說明了天地萬物的生成是不斷地反復循環。《老子》在宇宙生成論中所謂「道生一，一生二，二生三，三生萬物」的思想，已經完成了「（○）一、二、多」的結構，基於反復循環的規律，也必然存在「多、二、一（○）」的逆向結構〔註51〕。因此，在上述「多」與「一（○）」之間，必存在「二元對待」的過程。陳滿銘論述「多、二、一（○）」結構，曾列舉《老子》原文有關「異類相應」與「同類相從」的聯繫〔註52〕，可以印證《老子》思想中存在的「二元對待」。其異類相應的聯繫如：

> 天下皆知美之爲美，斯惡已；皆知善之爲善，斯不善
> 已。故有無相生，難易相成，長短相較，高下相傾，音聲
> 相和，前後相隨。（第2章）
>
> 寵辱若驚，貴大患若身。何謂寵辱若驚？寵爲下，得

〔註51〕 張立文：「從老子哲學的邏輯結構中，可以窺見：從『道（無）』開始的運動，通過『一』、『二』、『三』等階段的演化過程，派生了世界萬物；當『道』派生了萬物以後，就開始了『復歸』，最後復歸到『無（道）』。」見《中國哲學邏輯結構論》，頁147。又陳滿銘：「它們（《周易》與《老子》主要透過『相反相成』、『返本復初』而循環不已的作用，不但將『（○）一、二、多』的順向歷程與『多、二、一（○）』的逆向歷程前後銜接起來，更使它們層層推展，循環不已，而形成了螺旋式結構，以呈現宇宙創生、含容萬物之原始規律。」見陳滿銘〈論「多、二、一（○）」的螺旋結構—以《周易》與《老子》爲考察重心〉，收錄於《章法學綜論》，頁505。

〔註52〕 參見陳滿銘〈論「多、二、一（○）」的螺旋結構—以《周易》與《老子》爲考察重心〉，收錄於《章法學綜論》，頁459～506。

之若驚，失之若驚，是謂寵辱若驚。（第13章）

曲則全，枉則直，窪則盈，敝則新，少則得、多則惑，是以聖人抱一，爲天下式。（第22章）

知其雄，守其雌，爲天下谿；常德不離，復歸於嬰兒。知其白，守其黑，爲天下式；爲天下式，常德不忒，復歸於無極。知其榮，守其辱，爲天下谷；爲天下谷，常德乃足，復歸於樸。（第28章）

上德不德，是以有德；下德不失德，是以無德。…是以大丈夫處其厚，不居其薄；處其實，不居其華；故去彼取此。（第38章）

明道若昧，進道若退，夷道若纇。（第41章）

大直若曲，大巧若拙，大辯若訥。躁勝寒，靜勝熱，清靜爲天下正。（第46章）

所謂「美與醜」、「善與惡」、「有與無」、「難與易」、「長與短」、「高與下」、「音與聲」、「前與後」、「寵與辱」、「曲與直」、「窪與盈」、「敝與新」、「少與多」、「雄與雌」、「有德與無德」、「厚與薄」、「實與華」、「明與昧」、「進與退」、「夷與纇」、「巧與拙」、「辯與訥」、「躁與靜」、「寒與熱」等，是極爲明顯之相對的概念，這些相對的概念並非絕對的對立，而是可以藉由運動而互相轉化，故具有充分的力量，可以從局部擴充到整體，進而形成「統一」。

至於同類相從的聯繫如：

道可道，非常道；名可名，非常名。（第1章）

是以聖人處無爲之事，行不言之教；萬物作焉而不辭，生焉而不有；爲而不恃，功成而弗居。夫唯弗居，是以不去。（第2章）

不上賢，使民不爭；不貴難得之貨，使民不爲盜；不見可欲，始民心不亂。（第3章）

天地不仁，以萬物爲芻狗；聖人不仁，以百姓爲芻狗。（第5章）

五色，令人目盲；五音，令人耳聾；五味，令人口爽；

馳騁畋獵，令人心發狂；難得之貨，令人行妨。是以聖人
爲腹不爲目，故去彼取此。（第 12 章）

所謂「常道與常名」、「無爲之事與不言之教」、「不上賢與不貴難得之
貨」、「天地不仁與聖人不仁」、「五色與五音、五味」等，在性質上是
相近的，其聯繫所產生的效果也趨於「調和」，而這種調和性的聯繫
也會由局部擴於整體，最後趨於「統一」。可見《老子》思想中「二」
的存在，並結合前述「多而一（○）」的結構來看，則《老子》之「多、
二、一（○）」的結構已經清楚地呈現出來。

二、「多、二、一（○）」結構與辭章風格的關係

　　哲學上的「多、二、一（○）」結構，可以解釋許多藝術生成的
規律。落於辭章風格來說，作家透過邏輯思維，將「景（物）」、「事」
等各種材料，對應於自然規律，結合「情」、「理」，訴諸於客觀的聯
想，並依秩序、變化、聯貫與統一的原則，來加以安排、佈置，形成
各種相應的條理，進而呈現在辭章的結構之中。〔註53〕陳滿銘對此結
構提出說明：

　　　　所有核心結構以外的結構都屬於「多」；而核心結構所
　　　形成的「二元對待」，自成陰陽而「相反相成」，以徹上徹
　　　下，形成結構的「調和性」與「對比性」，是爲「二」；至
　　　於辭章的「主旨」或由「統一」所形成的風格、韻味、氣
　　　象、境界等，則屬於「一（○）」。〔註54〕

由此可知，風格（○）必須依附在主旨（一）之上才能呈現出來；換
言之，有象的「主旨」是辭章的核心情理，也是形成無象之「風格」
的主要力量；至於核心結構（二）中以「陰陽二元對待」所產生的移
位或轉位的現象，其趨向「陰」或「陽」的力度，又相應於「陰柔」
或「陽剛」的質性，並可結合其他輔助結構（多）來說明辭章風格的

〔註53〕參見陳滿銘〈論章法的哲學基礎〉（臺灣師大《國文學報》32 期，
　　　　2002 年 12 月），頁 89。
〔註54〕見陳滿銘《章法學綜論》，249 頁。

取向。如此從有象的「一」進渡到無象的「○」，章法結構貫串起一條邏輯的理路，對於辭章風格的形成提供了客觀的思考，也確立了「章法風格」存在的價值。茲以唐宋詞爲例，說明章法「多、二、一（○）」結構對於檢視辭章風格的作用：

韋莊〈浣溪沙〉

夜夜相思更漏殘，傷心明月憑欄干，想君思我錦衾寒。咫尺畫堂深似海，憶來惟把舊書看，幾時攜手入長安？

這闋詞旨在憶舊懷人。從詞的情意來看，應是作者入蜀之後思念長安故舊的作品。全詞情景交融，虛實互見，結句以激問留下餘韻，將內心返鄉的企盼表達得相當委婉含蓄。其結構分析如下：

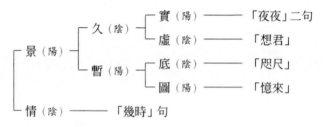

作者以憑欄相思的實景起筆，再以虛擬的設想傳達長久以來的思念。下片描述當下睹物思人的景況，在咫尺畫堂之中，卻有身處大海的孤寂，以此帶出返鄉團聚的期待之情。結構表之底層以「先實後虛」的逆向移位與「先底後圖」的順向移位構成，在逆向移位的力度強於順向移位的情況下，可以看出趨於「陰」的態勢；次層「先久後暫」是「陰→陽」的順向移位，形成趨於「陽」的態勢；三層的「先景後情」結構是「陽→陰」的逆向移位，其趨於「陰」的力度較爲強烈，再加上是核心結構所在，故其趨於「陰」的力度構成了全詞的主要韻律。在結構表中，「實→虛」、「底→圖」、「久→暫」皆爲輔助結構，此爲「多」；「景→情」爲核心結構，此爲「二」；至於「憶舊懷人」的主旨及整闋詞的「陰柔」之勢則爲「一（○）」。所以可以判定全詞呈現了「柔中寓剛」的風格。韋莊的詞向來具有「疏淡秀雅」的風格，此詞低迴曲折、纏綿婉轉，正是這種寫照。陳廷焯評端己詞云：「韋端

己詞，似直而紆，似達而鬱，最爲詞中勝境」〔註55〕，即印證了此詞
「柔中寓剛」的風趣。

又如李煜〈虞美人〉：

> 春花秋月何時了，往事知多少，小樓昨夜又東風，故國不堪
> 回首月明中。雕闌玉砌應猶在，只是朱顏改，問君能有幾多
> 愁？恰似一江春水向東流。

相傳後主於生日（七月七日）晚，在寓所命故妓作樂，唱〈虞美人〉
詞，聲聞於外，太宗聞詞義而大怒，乃命楚王趙元佐前往助歡，實則
賜死後主，後主遂中機牽之藥而死。〔註56〕所以這首〈虞美人〉可視
爲李煜的絕命詞。全詞以問句起，以答句結，對於李煜內心悲恨相續
的心理活動刻畫得非常深刻，其結構分析如下：

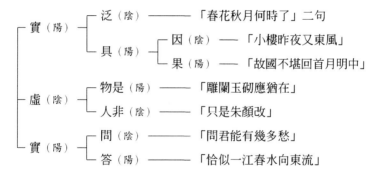

通篇以「實→虛→實」的筆法寫成。實筆部分從泛泛的生命感嘆寫到
具體的故國之思；隨後落入故國的懸想，表達自己對「物是人非」的
深切感慨；末以問答作結，將內心抑鬱的悲苦，傾注於東流的春水。
底層的「因果」結構，是順向的移位，其「陰→陽」的力度尚不明顯；
次層的「先泛後具」及「先問後答」，都形成順向的移位作用，其陽
剛之勢漸強，而「由物而人」的結構卻是逆向的移位，其陰柔的力度
加大，幾乎平衡了前兩者所形成的陽剛之勢；上層「實→虛→實」是

〔註55〕見陳廷焯《白雨齋詞話・卷一》，收錄於唐圭璋編《詞話叢編》（北
　　　　京：中華書局，1996年6月第1版），頁3779。
〔註56〕參見《宋史・太宗本紀》。

全詞的核心結構，其「陽→陰→陽」的轉位作用，形成最強烈的陽剛之氣。可見全詞向陽的力度是大於向陰的力度的。在結構表中，「因→果」、「泛→具」、「物→人」、「問→答」皆爲輔助結構，此爲「多」；「實→虛→實」仍是以虛實爲基礎所產生的變化結構，此爲「二」，至於「思念故國的感慨」及通篇的陽剛之氣則爲「一（○）」；故整體風格呈現了「剛中寓柔」的態勢。高原分析此詞說：「這首〈虞美人〉充滿悲恨激楚的感情色彩，其感情之深厚、強烈，眞如滔滔之水，大有不顧一切、決決而出之勢。」〔註57〕這段形象分析可謂深中肯綮，與此詞內在的邏輯條理是不謀而合的。

結　語

　　一個理論的形成，並能傳之久遠，在於它合乎宇宙自然的規律，因此推溯其哲學根源是必要的課題。章法風格的理論，藉由各種章法現象的哲學思辨，已確立了深厚的哲學基礎：就章法結構的「陰陽定位」來說，在每一個自成陰陽的結構當中，我們推溯「以陰爲本、以陽爲末」的哲學，從而確定各種結構的順逆，是檢視辭章風格的基本步驟。就章法的「移位」、「轉位」來說，分析章法結構的移位或轉位所產生向陰或向陽的力度，並推究其哲學根源，是判定辭章風格趨於「陽剛」或「陰柔」的重要依據。就章法的「多、二、一（○）」結構來說，「多、二、一（○）」的邏輯來自宇宙自然的規律，更具備深厚的哲學基礎，我們以核心結構（二）所形成的陰陽爲基準，徹下結合各個輔助結構（多）的陰陽，徹上貫通辭章的主旨（一），進而尋出風格（○）的剛柔。這種以具體的邏輯結構來分析抽象風格的方法，不僅符合科學的精神，更如陳滿銘所說——在「直覺」、「直觀」的分析之外，拓展了「有理可說」的無限空間〔註58〕。

〔註57〕見《唐宋詞鑑賞集成》上冊（臺北：五南圖書公司，2001 年 12 月初版），頁 172。

〔註58〕參見陳滿銘《章法學綜論》，頁 328。

第四章　章法風格中「剛中寓柔」之作品證析

　　任何理論的建立，必須透過實際作品的印證，才能使理論更臻於完備周延。我們既已確立了「章法風格」的哲學基礎，即可運用章法結構的「陰陽」、章法中的「移位」、「轉位」現象以及「多、二、一（○）」結構的理論，來推演文學作品偏陰（柔）或偏陽（剛）的韻律，以確定其風格趨向。依目前章法風格的理論，可以將辭章風格歸於「剛中寓柔」（偏剛）、「柔中寓剛」（偏柔）及「剛柔相濟」等三種風格類型。本論文取蘇軾、姜夔等兩家約一百餘首詞作，結合章法風格的理論以分析其作品風格的趨向。第四章探討「剛中寓柔」的作品，第五章探討「柔中寓剛」的作品，第六章則探討「剛柔相濟」的詞作，每一章各分「蘇軾詞」與「姜夔詞」二節論之，期能透過大量辭章的證析，以確立章法風格的理論不誣。

第一節　蘇軾詞「剛中寓柔」之章法風格舉隅

　　蘇軾詞中所謂「剛中寓柔」的風格，是指蘇詞中較為豪放的作品。後人評析蘇詞，特別稱其「清雄」〔註1〕之風，或特以「清曠」〔註2〕、

〔註1〕　見龍沐勛〈東坡樂府綜論〉，《詞學季刊》二卷二號（民國24年）（臺北：學生書局影印版），頁10。
〔註2〕　見劉揚忠《唐宋詞流派史》（福州：福建人民出版社，1999年2月

「清峻」〔註3〕譽之。「清」爲「清遠」之境，乃偏於陰柔之風。「雄」者，雄放；「曠」者，曠達；「峻」者，高峻，三者的境界皆具有陽剛之氣。由此可知，蘇軾「剛中寓柔」的詞風，指的是他詞作中偏於「雄放」、「曠達」、「高峻」的風格。本節列舉其重要詞作十四首，並從章法風格分析其「剛中寓柔」詞風的脈絡。

◎〈行香子〉神宗熙寧六年，1073

　　一葉輕舟，雙槳鴻驚。水天清、影湛波平。魚翻藻鑒，鷺點煙汀。過沙溪急，霜溪冷，月溪明。重重似畫，曲曲如屏。算當年、虛老嚴陵。君臣一夢，古今空名。但遠山長，雲山亂，曉山青。

結構分析表：

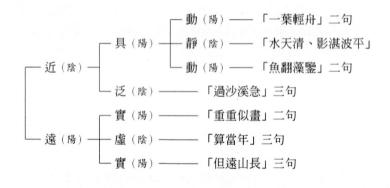

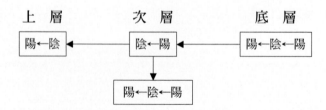

第 1 版），頁 478。

〔註3〕　見陳滿銘《蘇辛詞論稿》（臺北：文津出版社，2003 年 8 月初版），頁 34。

說　明：

　　這首詞是蘇軾任杭州通判時，放棹富春江的所見所感。全詞以寫景為主，上片描寫近景，有描寫「水天清、影湛波平」的寧靜，也有「一葉輕舟，雙槳鴻驚」、「魚翻藻鑑」、「鷺點煙汀」的動態描寫，後由一「過」字總領「沙溪急，霜溪冷，月溪明」，簡鍊地概括了江水沿途的景色；下片寫景由近而遠，由實轉虛，末三句再轉回實景，營造了一幅如詩如畫的山水。從結構表上看，底層「動→靜→動」的轉位，是「陽→陰→陽」的形勢，其趨向陽剛的力量非常明顯；次層「具→泛」結構是「陽→陰」的逆向移位，其趨於陰柔的力度雖大，然而「實虛實」的結構所形成的「陽→陰→陽」轉位卻有更強的陽剛之勢；至於上層「近→遠」乃全詞之核心結構，仍是「陰→陽」的移位，形成趨於陽剛的力量。總歸其陰陽的消抵，全詞的陽剛之勢遠多於陰柔之勢。陳華昌分析此詞說：

　　　　　東坡這首小詞，既描繪了靜止的畫面，又表現了畫面的流動，將動和靜、虛與實結合得如此巧妙，給人以詩情畫意的美感享受。……蘇東坡經常發出「人生如夢」的感慨，但他的感慨總是融化在對自然的永恆和美麗的禮讚之中，因而總是給人一種生動活潑的、生意盎然的美感。〔註4〕

這裡不僅清楚交代了東坡寫作此詞的筆法，其所謂「生動活潑」、「生意盎然」正說明了此詞「剛中寓柔」的基調。

◎〈蝶戀花〉離別　未編年

　　　　春事闌珊芳草歇。客裡風光，又過清明節。小院黃昏人憶別。
　　　　落紅處處聞啼鴃。咫尺江山分楚越。目斷魂銷，應是音塵絕。
　　　　夢破五更心欲折。角聲吹落梅花月。

〔註4〕見《唐宋詞鑑賞集成・陳華昌評》（臺北：五南圖書公司，2001年12月初版三刷），頁829-830。

結構分析表：

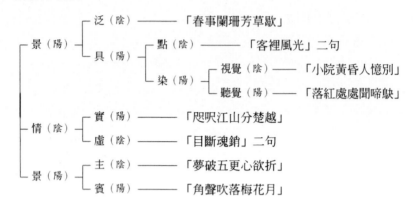

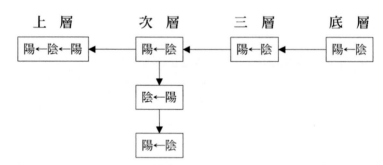

說　明：

　　這首〈蝶戀花〉是蘇軾通判杭州時，在常、潤間賑飢時的憶家之作。上片寫景，首句以「春事闌珊」概括春意，而清明時節客居異鄉，幽深的「小院」、「啼鴃」的哀鳴，倍覺景色悽然。下片轉而抒情，抒發常潤雖近在咫尺卻分屬吳越的離情。末二句以景結情，用「五更夢斷」、「角聲吹落」帶出深刻的悽怨之感。結構表的底層是「視覺→聽覺」的移位，其力度趨於陽剛；三層「點→染」也是形成陽剛的移位；次層的「泛→具」、「主→賓」結構均具有趨於陽剛的力度，相抵於「實→虛」結構的陰柔力度，這一層的陽剛之勢仍大於陰柔之勢；上層的「景→情→景」是全詞的核心結構，其轉位作用使這層的陽剛之勢非常強烈。總歸全詞的陰陽消底，其陽剛之勢大於陰柔，是可以被確定

的。王士禛評云：「字字驚心動魄」（註5）已點出這首詞的激烈情感所形成的「剛中寓柔」的風格。

◎〈沁園春〉赴密州早行，馬上寄子由　熙寧七年，1074

孤館燈清，野店雞號，旅枕夢殘。漸月華收練，晨霜耿耿，雲山摛錦，朝露漙漙。世路無窮，勞生有限，似此區區長鮮歡。微吟罷，憑征鞍無語，往事千端。當時共客長安，似二陸初來俱少年。有筆頭千字，胸中萬卷，致君堯舜，此事何難！用捨由時，行藏在我，袖手何妨閒處看！身長健，但優游卒歲，且鬥樽前。

結構分析表：

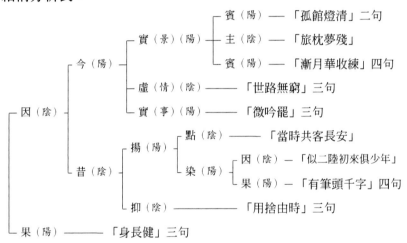

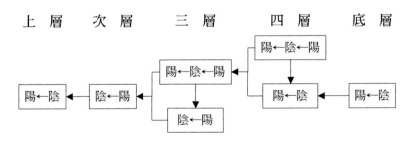

〔註5〕見王士禛《花草蒙拾·坡詞驚心動魄》。收錄於曾棗莊《蘇詞彙評》（成都：四川文藝出版社，2000年1月初版），頁167。

說　明：

　　由詞之副題得知，此詞是蘇軾由杭州赴任密州途中所作。他以議論入詞，表達政治懷抱，可說是直抒胸臆。詞之上片抒寫作者當下「旅枕夢殘」的景況，在「孤館燈清」、「野店雞號」、「月華收練」的烘托之下，遂產生「世路無窮，勞生有限」之嘆。下片追憶當年與子由初到汴京的雄心壯志，以及後來遭遇現實挫折的情景，在這種現實與理想衝突的人生經歷之中，作者以「身長健，但優游卒歲，且鬥樽前」來統一矛盾，讓現實的心情得到暫時的寬慰。結構表的底層爲「因（陰）→ 果（陽）」的移位，形成了趨於陽剛的力量；四層的「賓（陽）→ 主（陰）→ 賓（陽）」與「點（陰）→ 染（陽）」結構，皆形成更強的陽剛之勢；三層又出現了「實（陽）→ 虛（陰）→ 實（陽）」的轉位，而「揚（陽）→ 抑（陰）」的逆向移位雖然形成的趨於陰柔的力量，且「抑揚」章法的對比性增加了陰柔的力量，仍然抵不過「實（陽）→ 虛（陰）→ 實（陽）」的陽剛之氣；次層「今（陽）→ 昔（陰）」結構所形成的陰柔之勢更強；上層的「因（陰）→ 果（陽）」是全詞的核心結構，所產生的仍是趨於陽剛的力量。綜理全詞的陰陽之氣，除了次層的「今昔」結構有較強的陰柔之勢外，其餘結構的陽剛皆強於陰柔，使全篇詞氣趨於「剛中寓柔」。夏承燾、施議對評論此詞說到：

> 這首詞發議論，也並非疏放粗豪，統觀全詞，寫景、抒情、議論合爲一體，詩、文、經、史融會貫通，其「自在處」，表現了東坡詞的特有風格。……此調（沁園春）格局開張，掌握得好，卻可以造成排山倒海之勢，收到良好的藝術效果。〔註6〕

而木齋在提到此詞的境界時亦強調：

> 全詞既有「孤館燈青」一類景物所透露的惆悵感，又有「袖手何妨閒處看」的灑脫感，形成一種超曠豪逸的總體審美感受。〔註7〕

〔註6〕見《唐宋詞鑑賞集成・夏承燾、施議對評》，頁730。
〔註7〕見木齋《唐宋詞流變》（北京：唐宋詞流變，1997年7月第1版），

其所謂「排山倒海之勢」、「超曠豪逸的總體審美感受」就是此詞「剛中寓柔」風格的最佳註腳。

◎〈江城子〉密州出獵　　熙寧八年，1075

　　老夫聊發少年狂，左牽黃，右擎蒼。錦帽貂裘，千騎卷平岡。爲報傾城隨太守，親射虎，看孫郎。酒酣胸膽尚開張，鬢微霜，又何妨！持節雲中，何日遣馮唐？會挽雕弓如滿月，西北望，射天狼。

結構分析表：

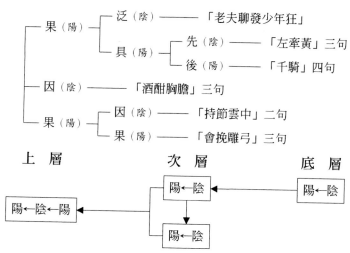

說　明：

　　從副題「密州出獵」可知悉，這是蘇軾任密州知州時所寫的一首出獵詞。詞的上片描寫文人出獵的雄姿，首句「聊發少年狂」，帶出作者的豪情，同時也用此「狂」字貫串全篇；其後藉由「牽黃」、「擎蒼」、「錦帽貂裘」等出獵裝束，以及「縱千騎」、「親射虎」等出獵行蹤，塑造了一個具體的意氣風發的人物形象。下片點出此等豪興，乃由於自己酒酣膽張，也出於自己不服老的個性；故而興起出獵之意，更激發自己想要立功邊疆的壯志豪情，所以勾勒出一個挽弓勁射的英雄形

頁 132。

象，充分展現作者英武豪邁、氣概非凡的襟懷。結構表之底層爲「先
→後」結構，是「陰→陽」的移位，形成趨於陽剛的力量；次層的「泛
（陰）→ 具（陽）」、「因（陰）→ 果（陽）」結構，其順向的移位作
用亦產生了趨於陽剛的力量；上層的「果（陽）→ 因（陰）→ 果（陽）」
爲核心結構，其轉位作用形成更強的陽剛之勢。整體而言，構成了全
篇「剛中寓柔」的基調，而且這裡的陽剛之氣遠大於陰柔之氣，可說
是接近「純剛」風格的作品。高原在評價此詞的歷史地位時提到：

> 這首詞上片出獵，下片請戰，場面熱烈，情豪志壯，
> 大有「橫槊賦詩」的氣概，把詞中歷來香豔軟媚的兒女情，
> 換成了報國立功、剛強壯武的英雄氣了。這是東坡對溫、
> 柳爲代表的傳統詞風的挑戰，他以「攬轡澄清」之志，寫
> 慷慨豪雄之詞，提高了詞品，擴大了詞境，打破了「詞爲
> 豔科」的範圍，把詞從花間柳下、淺斟低唱的靡靡之音中
> 解放出來，走向廣闊的生活天地。〔註8〕

蘇軾調任密州，在詞境上開始有了較爲雄豪的作品，此首〈江城子〉
是一個開端。其謂「慷慨豪雄」之格調，直接印證了此詞在章法風格
中「剛中寓柔」的基調。

◎〈浣溪沙〉徐州石潭謝雨道上作五首之五　元豐元年，1078
　　軟草平莎過雨新，輕沙走馬路無塵。何時收拾耦耕身？日暖
　　桑麻光似潑，風來蒿艾氣如薰。使君元是此中人。

結構分析表：

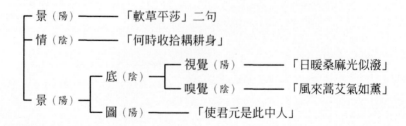

───────────────

〔註8〕見《唐宋詞鑑賞集成・高原評》，頁804。

說　明：

　　這是蘇軾徐州謝雨詞的第五首。全詞在寫景之中，以「收拾耦耕身」表現了作者對於農村生活的熱愛，同時也反映了仕途坎坷、欲歸不能的矛盾心境。即使如此，在寫景部分仍舊展現了村野的蓬勃景象。王元明在分析這首〈浣溪沙〉的結構提到：

　　　　這首詞的結構十分奇特，與前四首均不同，也與一般詞
　　的結構不同。前四首〈浣溪沙〉詞全是寫景敘事，並不直接
　　抒情、議論，而是於字行之間蘊蓄著作者的喜悅之情。這一
　　首既不像前四首〈浣溪沙〉詞那樣，也不是把景物和感受分
　　開來寫，而是用寫景和抒情互相錯綜層遞的形式來寫。〔註9〕

所謂「用寫景和抒情互相錯綜層遞的形式來寫」，正指出此詞是以「景→情→景」為核心結構來組織全篇的，而下片寫景更運用了視覺與嗅覺等感官來表現村野雨後的清新，結句以「使君元是此中人」畫龍點睛，表現了作者融入農村生活的自在。結構表的底層是「陽→陰」的逆向移位，形成趨於陰柔的力量，此陰柔力度對於全詞的剛柔影響不大；次層是「陰→陽」的順向移位，其力度雖小於逆向的移位，但是其形成的陽剛之勢漸漸影響整首詞風的剛柔；至於上層的「陽→陰→陽」轉位形成較強的陽剛之勢，再以其為核心結構之故，故影響詞風極大，可見全篇的陽剛之氣是遠多於陰柔之氣的。王元明以「清新開闊、含蓄雋永」來概括這首詞的藝術特色，是此詞「剛中寓柔」風格的最佳註腳。

◎〈西江月〉中秋和子由　元豐三年，1080

　　世事一場大夢，人生幾度新涼。夜來風葉已鳴廊。看取眉頭
　　鬢上。酒賤常嫌客少，月明多被雲妨。中秋誰與共孤光。把

────────────

〔註 9〕見《唐宋詞鑑賞集成・王元明評》，頁 861。

酒淒然北望。

結構分析表：

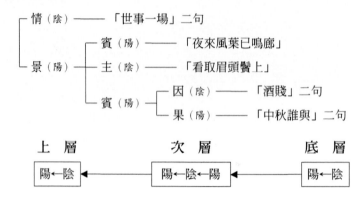

```
┌ 情（陰）──── 「世事一場」二句
│           ┌ 賓（陽）──── 「夜來風葉已鳴廊」
└ 景（陽）─┼ 主（陰）──── 「看取眉頭鬢上」
          │           ┌ 因（陰）──── 「酒賤」二句
          └ 賓（陽）─┤
                      └ 果（陽）──── 「中秋誰與」二句
```

```
   上　層　　　　　　次　層　　　　　　底　層
┌─────────┐   ┌──────────────┐   ┌─────────┐
│ 陽←陰　  │←─│ 陽←陰←陽　   │←─│ 陽←陰　  │
└─────────┘   └──────────────┘   └─────────┘
```

說　明：

　　這首詞是蘇軾於神宗元豐三年貶黃州後的第一個中秋所寫下的作品。起句以抒情發端，其沈重悲涼之氣，充塞著作者因罪貶官的身世之感；其後寫景，以「西風」、「落葉」襯托自己鬢白的眉髮，下片將景色拓遠、拓大，在月明中秋、把酒孤望的烘托之下，更顯得詞人遲暮的悲情，更凸顯了他待罪黃州、壯志未酬的深沈感慨。結構表的底層是「陰→陽」的順向移位，次層是「陽→陰→陽」的轉位，上層又爲「陰→陽」的順向移位，三者皆產生趨於陽剛的氣勢，其形成全篇「剛中寓柔」的詞風是非常明顯的。吳惠娟評此詞云：

　　　　詞中筆筆應時，不離中秋，無論是新涼、風葉，還是賤酒、明月，均與節序有關。然詞中人由中秋思及人生，人生與中秋俱化。觸類以感，慷慨悲歌，情意深長。詞中運用比興手法，將常見之景「酒賤常愁客少，月明多被雲妨」來概括人生矛盾，言近旨遠，辭意深長，富於哲理，令人咀嚼回味。〔註10〕

其謂「觸類以感，慷慨悲歌，情意深長」，乃間接說明了此詞「剛中寓柔」的基本風調。

────────────────

〔註10〕見《唐宋詞鑑賞集成・吳惠娟評》，頁736。

◎〈南鄉子〉元豐三年，1080

　　晚景落瓊杯，照眼雲山翠作堆。認得岷峨春雪浪，初來，萬
　　頃蒲萄漲淥醅。春雨暗陽台，亂灑歌樓濕粉腮。一陣東風來
　　捲地，吹回，落照江天一半開。

結構分析表：

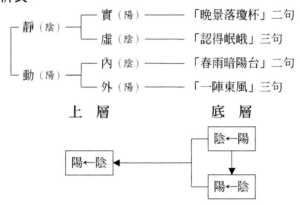

說　明：

　　這首詞作於神宗元豐三年（1080），其副題為「黃州臨皋亭作」，
所描寫的正是臨皋亭春日傍晚的景色。上片描寫倒映在杯中的靜景，
以實見之景與虛想之景相互輝映；下片描寫乍雨還晴的動景，視角由
內而外，呈現出變化萬千的瑰麗景色。結構表底層的「實（陽）→ 虛
（陰）」、「內（陰）→ 外（陽）」結構，其順、逆移位的陰陽消長，
形成趨於陰柔的韻律，因居於底層，故影響全篇風格不大；上層「內
→外」是核心結構，其「陰→陽」的移位所形成的陽剛之勢，才是主
導全篇風格的主要因素，所以這首詞的整體風格應為「剛中寓柔」的
形式。陳華昌評析此詞的意象營造提到：

　　　　（上半闋）獨特的空間意識，正是蘇軾曠達、寬廣的
　　　　胸懷的表現。……詞的下半闋描繪倏忽變化的自然景觀，
　　　　給人動盪不定、神奇瑰麗的感覺。〔註11〕

此藉由意象的營造來說明此詞的境界，其言「曠達」、「寬廣」、「神奇

────────────

〔註11〕見《唐宋詞鑑賞集成·陳華昌評》，頁761。

瑰麗」等境界，實爲「剛中寓柔」之風的另一種詮釋。

◎〈滿江紅〉寄鄂州朱使君壽昌　　元豐四年，1081

> 江漢西來，高樓下，蒲萄深碧。猶自帶、岷峨雪浪，錦江春
> 色。君是南山遺愛守，我爲劍外思歸客。對此間、風物豈無
> 情，殷勤說。　　《江表傳》，君休讀。狂處士，眞堪惜。空
> 洲對鸚鵡，葦花蕭瑟。不獨笑書生爭底事，曹公黃祖俱飄忽。
> 願使君還賦謫仙詩，追黃鶴。

結構分析表：

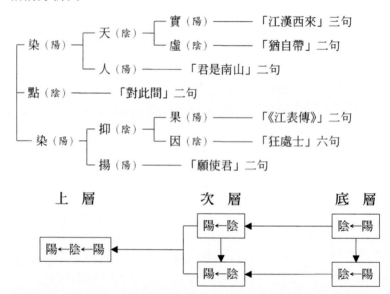

說　明：

　　本篇是蘇軾謫居黃州時寄友人朱壽昌的作品。上片以描寫武漢地
區長江奔流的勝景發端，以下接寫「岷峨雪浪」，是作者對故鄉江水
的遙想；其後由景寫人，帶出本篇的主角；結句點出觸景興感的無限
惆悵，並以「殷勤說」帶出下片情思。下片引《江表傳》及禰衡之古
事，暗諷那些殘害忠良的曹操、黃祖，如今亦灰飛湮滅；結句筆勢一
揚，期待朱壽昌能寄意於不朽文章以追躡前賢。結構表底層的「實（陽）
→ 虛（陰）」、「果（陽）→ 因（陰）」結構，形成趨於陰柔的力量，

此陰柔之勢居於底層，故影響全篇的整體風格有限；次層的「天→
人」、「抑→揚」皆為「陰→陽」的順向移位，其陽剛之氣影響全篇風
格漸大；而上層的「染→點→染」結構，其「陽→陰→陽」的轉位，
亦形成極強的陽剛之勢，結合其他各層結構的陽剛趨向，即可確定這
首詞的風格是「剛中寓柔」的。劉乃昌評曰：

> 此詞以慷慨激憤之調，振筆直書，開懷傾訴，通篇貫
> 注了鬱勃不平之氣。……從格調上說，本篇大異於纏綿婉
> 惻之調，也不同於縹緲軼塵之曲，而以辭氣慷慨。彷彿西
> 來的江漢碧濤，注入其峭的山崖峽谷，形成頓挫跌宕、起
> 伏不平之勢。〔註12〕

所謂「慷慨激憤之調」、「頓挫跌宕、起伏不平之勢」，即指明此詞「辭
氣慷慨」的風格，也與章法風格所分析的「剛中寓柔」的基調暗合。

◎〈念奴嬌〉赤壁懷古　元豐五年，1082

> 大江東去，浪淘盡，千古風流人物。故壘西邊，人道是，三
> 國周郎赤壁。亂石崩雲，驚濤裂岸，捲起千堆雪。江山如畫，
> 一時多少豪傑！遙想公瑾當年，小喬出嫁了，雄姿英發。羽
> 扇綸巾，談笑間、強虜灰飛煙滅。故國神遊，多情應笑我，
> 早生華髮。人生如夢，一樽還酹江月。

結構分析表：

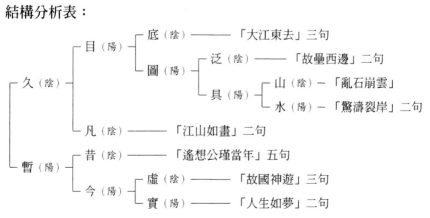

〔註12〕見《唐宋詞鑑賞集成・劉乃昌評》，頁721-723。

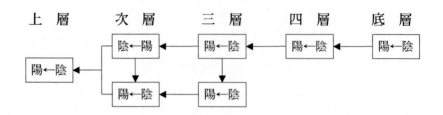

說　明：

　　此詞是蘇軾謫居黃州時，游賞黃岡城外赤鼻磯所寫下的作品。這是《東坡樂府》中被譽爲具有「英雄氣格」的「千古絕唱」〔註13〕。上片描寫赤壁開闊的景色，並結合古今英雄人物，佈置了一個極爲廣闊而悠久的時空；下片以今昔對比，以周瑜的「雄姿英發」對比自己的「早生華髮」，進而帶出「還酹江月」的超曠襟懷。結構表共分五層，底層由山景而水景，是「陰→陽」的順向移位，其勢偏於陽剛；四層寫景由抽象而具體，其勢亦偏於陽剛；三層的「底→圖」、「虛→實」結構均爲「陰→陽」的移位，其勢又偏於陽剛；次層的「目→凡」結構出現了逆向移位，其陰柔之勢雖然非常明顯，但是被同層的「昔→今」結構所產生的陽剛之氣消弱，因此對於上層的「久（陰）→暫（陽）」結構的陽剛之勢影響不大。綜理全篇可以見出其整體「剛中寓柔」的風格趨向。古今評論此詞者，皆以「雄渾」、「悲壯」、「超曠」等陽剛之詞譽之，如楊愼云：

　　　　古今詞多脂軟纖媚取勝，獨東坡此詞感慨悲壯雄偉高
　　卓，詞中之史也。〔註14〕

又如劉乃昌云：

　　　　這首詞從總的方面來看，氣象磅礴，格調雄渾，高唱
　　入雲，其境界之宏大，是前所未有的。通篇大筆揮灑，卻

〔註13〕沈雄《古今詞話》云：「東坡〈醉江月〉，爲千古絕唱」。徐《詞苑叢
　　　談》：「自有橫槊氣概，固是英雄本色」。其餘各家之評，可參閱曾棗
　　　莊《蘇詞彙評》，頁41-52。
〔註14〕見楊愼《草堂詩餘》，卷四。收錄於曾棗莊《蘇詞彙評》，頁44。

也襯以諧婉之句，英俊將軍與妙齡美人相映生輝，昂奮豪
情與感慨超曠的思緒迭相遞轉，做到了莊中含諧，直中有曲。
〔註15〕

此所謂「感慨悲壯雄偉高卓」、「氣象磅礡」、「格調雄渾」的氣格，再
結合章法風格的分析，更能確定其「剛中寓柔」的基調。

◎〈浣溪沙〉元豐五年，1082

　　山下蘭芽短浸溪，松間沙路淨無泥，蕭蕭暮雨子規啼。誰道
　　人生無再少，門前流水尚能西。休將白髮唱黃雞。

結構分析表：

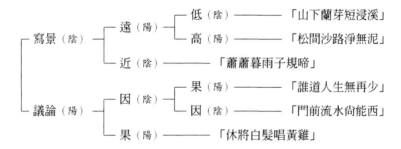

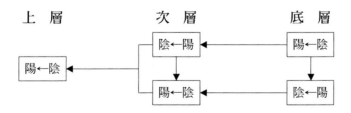

說　明：

　　這首〈浣溪沙〉是蘇軾謫居黃州時，游賞蘄水清泉寺所作。上片
寫景，景物由小而大，視角由低而高，展現一幅優美潔淨的鄉間圖景；
下片抒發議論，以「溪水西流」闡述青春可以再少的哲理，精神令人
感奮。結構表底層的「低（陰）→ 高（陽）」、「果（陽）→ 因（陰）」
結構，其移位作用為一順向、一逆向，在其陰陽消長之下，使趨於陰

〔註15〕見《唐宋詞鑑賞集成·劉乃昌評》，頁 728。

柔的力度較大；次層的「遠（陽）→ 近（陰）」、「因（陰）→ 果（陽）」結構，同樣產生順、逆移位的陰陽消長，形成趨於陰柔之勢；兩層的陰柔力度已因陽剛之力而消弱，故對於上層「寫景（陰）→ 議論（陽）」的陽剛之勢影響不大，故全篇風格仍是陽剛多於陰柔的「剛中寓柔」的形式。劉乃昌分析此詞的筆調時強調：

> 在貶謫生活中，能一反感傷遲暮的低沈之調，唱出如此催人自強的爽健歌曲，這體現出蘇軾執著生活、曠達樂觀的性格。〔註16〕

所謂「一反感傷遲暮的低沈之調，唱出如此催人自強的爽健歌曲」的筆調，其實就是此詞「剛中寓柔」風格的寫照。

◎〈臨江仙〉夜歸臨皋　元豐六年，1083

> 夜飲東坡醒復醉，歸來仿佛三更。家童鼻息已雷鳴。敲門都不應，倚杖聽江聲。長恨此生非我有，何時忘卻營營。夜闌風靜縠紋平。小舟從此逝，江海寄餘生。

結構分析表：

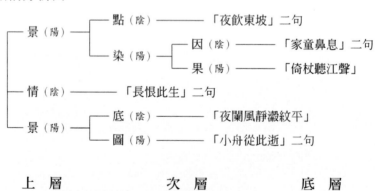

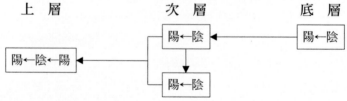

〔註16〕見《唐宋詞鑑賞集成‧劉乃昌評》，頁853。

說　明：

這首詞也是蘇軾謫居黃州時所作，記敘詞人在東坡暢飲，醉後歸返臨皋的景色與心情。上片寫景，敘述夜飲東坡，恣意臨江的景況；下片以抒情發端，抒發自己的不平遭遇和尋求超脫的渴望，末三句以景結情，欲將這些複雜難平的心情，寄託於平靜的江水之中，任一葉扁舟，隨波而逝。結構表的底層是「因（陰）→ 果（陽）」結構，其勢偏於陽剛；次層的「點（陰）→ 染（陽）」、「底（陰）→ 圖（陽）」結構，亦形成偏於陽剛的韻律；上層的「景（陽）→ 情（陰）→ 景（陽）」是核心結構，其轉位所形成的陽剛之勢更爲強烈，通篇的陽剛之氣多於陰柔之氣是可以確定的。高原分析此詞提到：

> 這首詞寫出了謫居中的蘇東坡的真性情，反映了他的生活理想和精神追求，表現他的獨特性格。歷史上的成功之作，無不體現作者的鮮明個性，因此，作爲文學作品寫出真性情勢最難能可貴的。元好問評論東坡詞說：「唐歌詞多宮體，又皆極力爲之。自東坡一出，情性之外，不知有文字，真有『一洗萬古凡空馬』氣象。」元好問道出了東坡詞的總的特點：文如其人，個性鮮明。也是恰好指出了這首〈臨江仙〉詞的最成功之處。〔註17〕

這裡引用元好問「『一洗萬古凡空馬』氣象」的評價，足以證明此詞「剛中寓柔」之風格。

◎〈水調歌頭〉黃州快哉亭贈張偓佺　　元豐六年，1083

> 落日繡簾捲，亭下水連空。知君爲我，新作窗戶溼青紅。長記平山堂上，敧枕江南煙雨，渺渺沒孤鴻。認得醉翁語，山色有無中。一千頃，都鏡淨，倒碧峰。忽然浪起，掀舞一葉白頭翁。堪笑蘭臺公子，未解莊生天籟，剛道有雌雄。一點浩然氣，千里快哉風。

〔註17〕見《唐宋詞鑑賞集成・高原評》，頁750。

結構分析表：

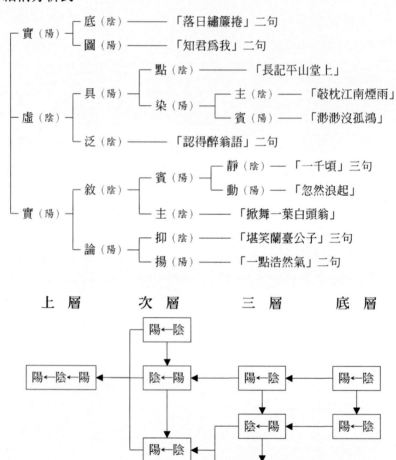

說　明：

　　這首詞是爲張懷民所築之「快哉亭」而作，與蘇轍的〈黃州快哉亭記〉同爲膾炙人口的名篇。上片以實寫眼前景色起筆，描繪「快哉亭」周圍的景致，接著以虛筆帶出「平山堂」的景況，使兩處景致融爲一體，構成一種優美獨特的意境；下片回到所見實景，描寫亭前廣闊江面的倏忽變化，在動靜交錯之間帶出議論，結句用「一

點浩然氣，千里快哉風」來稱揚張懷民，並呼應題旨。結構表的底層爲「主（陰）→ 賓（陽）」、「靜（陰）→ 動（陽）」結構，兩者皆爲順向移位，形成趨於陽剛的韻律；三層有「點（陰）→ 染（陽）」、「賓（陽）→ 主（陰）」、「抑（陰）→ 揚（陽）」三個結構，其中有一個逆向移位、兩個順向移位，其陽剛與陰柔的勢力本應相等，由於「抑揚」結構的對比質性，使這一層略趨於陽剛之勢；次層的「底（陰）→ 圖（陽）」、「具（陽）→ 泛（陰）」、「敘（陰）→ 論（陽）」等三個結構同樣是一個逆向移位、兩個順向移位，使這一層的陰、陽勢力幾趨於平衡；上層「實（陽）→ 虛（陰）→ 實（陽）」結構的轉位作用，形成極爲強大的陽剛之勢，也是構成全篇風格的主要力量。綜理結構表各層的陰陽，全篇呈現「剛中寓柔」的風格是非常明顯的。歷來學者多以「豪放」、「雄渾」等境界來界定此篇的風格，如：

　　　　結句雄奇，無人敢道。〔註18〕

　　　　此等句法，使作者稍稍矜才使氣，便入粗豪一派，妙能寫景中人，用生出無限情思。〔註19〕

　　　　這首詞具有獨到的特色，它把寫景、抒情和議論鎔爲一爐，表現作者深處逆境，泰然處之，大氣凜然的精神世界，及其詞雄奇奔放的風格。〔註20〕

　　　　起首就出以闊大恢弘的遠景：「落日繡簾捲，亭下水連空」。按遠景（落日）、近景（繡簾）、中景（亭下）、遠景（水連空）的次序推出移去，構圖層次有致，景深雄渾，定下全篇豪放的基調。〔註21〕

諸如上述「雄奇奔放」、「粗豪」、「闊大恢弘」、「豪放」等評論，其實皆爲「剛中寓柔」風格的範疇。

〔註18〕見楊愼《草堂詩餘》，卷四。收錄於曾棗莊《蘇詞彙評》，頁25。
〔註19〕見鄭文綽《大鶴山人詞話》。收錄於曾棗莊《蘇詞彙評》，頁26。
〔註20〕見《唐宋詞鑑賞集成・陸永品評》，頁711。
〔註21〕見木齋《唐宋詞流變》，頁148。

◎〈定風波〉元豐八年，1085

　　誰羨人間琢玉郎，天應乞與點酥娘。自作清歌傳浩齒，風起，
　　雪飛炎海變清涼。萬里歸來顏愈少，微笑，笑時猶帶嶺梅香。
　　試問嶺南應不好，卻道，此心安處是故鄉。

結構分析表：

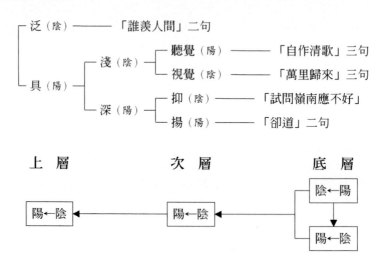

說　明：

　　這是一首稱頌友人歌妓的詞，寫於蘇軾謫居黃州時期。全詞具體描寫歌妓的歌聲與神態，並以「此心安處是故鄉」稱頌此歌妓身處窮境卻能安之若素，與政治失意的主人患難與共的可貴精神。同時也隱約可見作者隨遇而安、無往不快的曠達情懷。結構表的底層為「聽覺（陽）→ 視覺（陰）」、「抑（陰）→ 揚（陽）」結構，在一逆、一順的移位過程中，本來形成的是趨於陰柔的勢力，但是「抑揚」結構的對比質性卻強化了陽剛的力量，使此層的陰柔之勢與陽剛之勢趨近於相等；次層的「淺（陰）→ 深（陽）」結構與上層的「泛（陰）→ 具（陽）」結構，均為趨於陽剛的順向移位，再加上底層的陽剛之勢，構成了全篇「剛中寓柔」的基調。吳小林評此詞云：

　　　　（上片）筆調空靈蘊藉，給人一種曠遠清麗的美
　　感。……這首詞寫政治逆境出以風趣輕快的筆墨，情趣和

理趣融而爲一，寫得空靈清曠，在蘇軾黃州時期創作的詞
中具有代表性。〔註22〕

所謂「曠遠」乃爲陽剛之氣，「清麗」則趨向陰柔，在剛柔絀長之間，
作者以風趣輕快的筆調，更加深了陽剛的氣勢，就其整體格調而言，
應與章法風格所分析的「剛中寓柔」之風相近。

◎〈阮郎歸〉未編年

> 綠槐高柳咽新蟬，春風初入弦。碧紗窗下水沈煙，棋聲驚晝
> 眠。微雨過，小荷翻。榴花開欲燃。玉盆纖手弄清泉，瓊珠
> 碎卻圓。

結構分析表：

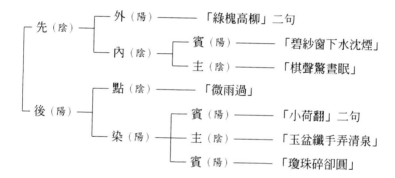

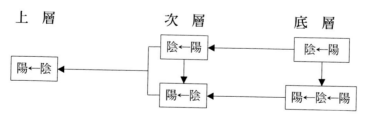

說 明：

這是一首描寫初夏閨閣生活的小詞。上片寫景由外而內，描寫少
女在初夏時節被棋聲驚醒的景況，在「綠槐」、「高柳」、「紗窗」、「沈
煙」等夏季景物的襯托之下，營造出一個幽靜閑雅的美感；下片描寫

〔註22〕見《唐宋詞鑑賞集成・吳小林評》，頁760。

少女夢醒之後盡情領略初夏風光的喜悅，同樣透過「小荷」、「榴花」、「瓊珠」的烘托，使少女「纖手弄清泉」的神態更加生動活躍。結構表底層均以「賓主」章法呈現，而其「賓（陽）→ 主（陰）」結構所形成的陰柔力度，並無法強過「賓（陽）→ 主（陰）→ 賓（陽）」之轉位所形成的陽剛之勢；次層的「外（陽）→ 內（陰）」、「點（陰）→ 染（陽）」，形成一逆、一順的移位，造成陰柔之勢略強；上層「先（陰）→ 後（陽）」結構又產生陽剛之力。全篇除了次層具有陰柔之勢之外，其餘兩層的陽剛力度仍大於陰柔。整體而言，此詞之詞風仍是「剛中寓柔」的。謝楚發在比較閨情詞提到：

> 在蘇軾以前，寫女性的閨情詞，總離不開相思、孤悶、疏慵、倦怠等種種弱質愁情，可是蘇軾在這裡寫的閨情卻不是這樣。女主人公單純、天真，無憂無慮，不害單相思，睏了就睡，醒了就去貪賞風景，撥弄清泉。她熱愛生活，熱愛自然，願把自己融化在大自然的美色之中。這是一種健康的女性美，與初夏的勃勃生機構成一種和諧的情調，蘇軾的此種詞作，無疑給詞壇，尤其是閨情詞，注入了一股甜美的清泉。〔註23〕

如同這段評論所言，蘇軾的這首閨情詞不同於一般所表現的含蓄深婉，反而呈現了另一種清新活潑的美感，這也正是此詞所以趨向「剛中寓柔」風格的主要因素。

第二節　姜夔「剛中寓柔」之詞風舉隅

姜夔的詞風古來即有「清空騷雅」〔註24〕之致，近人則以「清剛」〔註25〕譽之，或評以「清剛疏宕」〔註26〕之風。這幾種風格的評

〔註23〕見《唐宋詞鑑賞集成・謝楚發評》，頁795。
〔註24〕此爲張炎《詞源》評姜夔語。
〔註25〕見夏承燾《姜白石詞編年箋校》（上海古籍出版社，1998年12月1版），頁14。
〔註26〕見劉乃昌《姜夔詞新釋輯評》（北京：中國書店，2001年1月第1

論均有相近的特色，以「陽剛」、「陰柔」的概念來界定，「清空」偏於陽剛之風〔註27〕，「騷雅」則屬陰柔之風；而近人「清剛」之評，則更爲清楚地把姜夔的詞風界定爲陰柔之「清」與陽剛之「剛」的融合；至於「清剛疏宕」之體，可分析出陰柔之「清」、「疏」與陽剛之「剛」、「宕」。由此可知，姜夔的詞風是兼具剛柔的特色，值得以章法風格來分析其作品的剛柔。本節取姜夔詞風中「剛中寓柔」的作品十一首，分析其章法風格的內在邏輯，並對照一般詞評對於姜夔詞風的論述，以印證章法風格的理論。

◎〈霓裳中序第一〉孝宗淳熙十三年，1186

　　亭皋正望極。亂落紅蓮歸未得。多病卻無氣力。況紈扇漸疏，羅衣初索。流光過隙。歎杏梁、雙燕如客。人何在，一簾淡月，彷彿照顏色。幽寂。亂蛩吟壁。動庾信、清愁似織。沈思年少浪跡。笛裏關山，柳下坊陌。墜紅無信息。漫暗水、涓涓溜碧。飄零久，而今何意，醉臥酒壚側。

結構分析表：

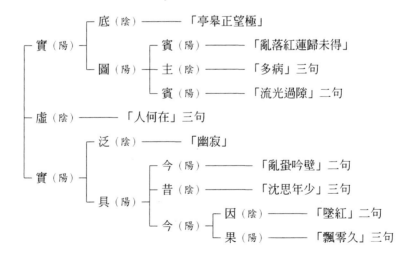

版），頁 5。
〔註27〕張炎解釋「清空」，有「古雅峭拔」之意，故偏於陽剛。同註 30。

－159－

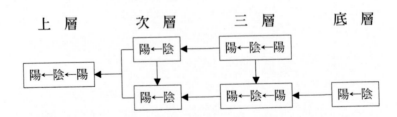

說　明：

　　這是作者羈遊他鄉，懷念合肥情侶所寫下的作品。上片描寫登臨高處，極目遠望所見之實景，並透過「紅蓮」、「雙燕」的描寫，以烘托詞人「多病無力」的孤寂；其後虛寫「人何在，一簾淡月，彷彿照顏色」的幻覺，表現詞人對於情人寤寐求之卻不可得的慘淡心境。下片又重回現實，以「幽寂」二字概括孤獨漂流的悲戚，再以今昔對比的筆法，凸顯詞人的孤獨愁思，結尾以「飄零久，而今何意，醉臥酒壚側」三句，直指心中最深沈的身世之感。結構表的底層爲「因（陰）→　果（陽）」順向移位，形成趨於陽剛的力量；三層的「賓（陽）→　主（陰）→　賓（陽）」及「今（陽）→　昔（陰）→　今（陽）」均爲趨於陽剛之勢的轉位；次層的「底（陰）→　圖（陽）」、「泛（陰）→　具（陽）」結構均爲順向移位，亦產生趨於陽剛之勢；上層的「實（陽）→　虛（陰）→　實（陽）」又是形成陽剛之勢的轉位，此爲核心結構，其陽剛之勢影響全篇最強。總匯結構表四層的陰陽之勢，其偏於陽剛的力度非常明顯，故此篇呈現「剛中寓柔」之風是可以確定的。鄧小軍以意象論其境界云：

> 「亭皋正望極」起筆便展開一高遠之境界。……「飄零久，而今何意，醉臥酒壚側」，喻說少年情遇之純潔美好，亦表明今後更絕無他念。全幅詞情至此掀起最高潮，愛情境界亦提升至超越世俗之聖境。深情高致，一結餘韻無窮。〔註28〕

　　從意象風格來看，詞之起筆所營造的高遠境界，以及結句深刻的愁情，是此詞風格的主調，此調偏於陽剛之氣，與章法風格之「剛中寓

〔註28〕見《唐宋詞鑑賞集成・鄧小軍評》，頁 2003-2004。

柔」暗合。

◎〈清波引〉淳熙十三年，1186

　　冷雲迷浦，倩誰喚、玉妃起舞。歲華如許，野梅弄媚嫵。屐
　齒印蒼蘚，漸為尋花來去。自隨秋雁南來，望江國，渺何處。
　新詩漫與，好風景常是暗度。故人知否，抱幽恨難語。何時
　共漁艇，莫負滄浪煙雨。況有清夜啼猿，怨人良苦。

結構分析表：

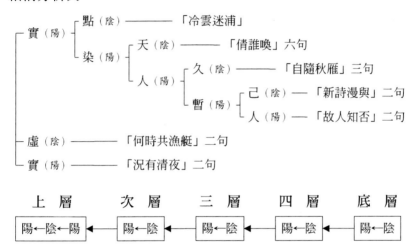

說　明：

　　這首詞是作者客居湖南，在歲暮閒游湘江，觸景生情所作。詞的
上片寫漫遊梅園的景致，作者融合了自然與人事之景，有感慨長年客
居異地的鄉愁，也過渡到下片，描寫當下「新詩漫與」的率意。其後
表達與故人「共漁艇」的心願，結句又回到現實，以「清夜啼猿」襯
托良人之淒苦。結構表從底層的「己→人」結構、四層的「久→暫」
結構、三層的「天→人」結構到次層的「點→染」結構，均為順向之
移位，形成一貫的趨於陽剛的勢力，至上層「實→虛→實」結構，又
是趨於陽剛之勢的轉位，終篇的陽剛之氣可說是非常明顯的。劉乃昌
評此詞風格說：

全篇紀游抒懷，筆墨清雅，直白爽暢。〔註29〕

所謂「直白爽暢」乃全詞風格之基調，也是此篇章法風格「剛中寓柔」的具體詮釋。

◎〈翠樓吟〉淳熙十三年，1186

月冷龍沙，塵清虎落，今年漢舖初賜。新翻胡部曲，聽氈幕元戎歌吹。層樓高峙。看檻由縈紅，簷牙飛翠。人姝麗，粉香吹下，夜寒風細。此地，宜有詞仙，擁素雲黃鶴，與君游戲。玉梯凝望久，嘆芳草萋萋千里。天涯情味。仗酒祓清愁，花銷英氣。西山外，晚來還捲，一簾秋霽。

結構分析表：

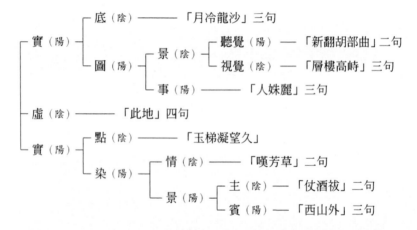

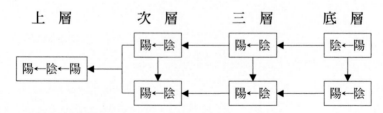

說　明：

此詞是姜夔自度新曲，爲記「安遠樓」之事而作。上片描寫安遠

〔註29〕見劉乃昌《姜夔詞新釋輯評》，頁18。

樓之景，在「月冷龍沙，塵清虎落」的背景之中，作者透過視覺與聽覺的摹寫，展現樓外之高遠，以及樓內宴飲之盛。下片以虛想神仙「與君游戲」起筆，再接寫登樓情景，結句「西山外，晚來還捲，一簾秋霽」除了襯托詞人藉酒消愁的淒苦之外，更營造一抹開闊淒遠的意境。結構表的底層有「聽覺→視覺」結構，爲「陽→陰」的逆向移位，而「主→賓」結構則爲「陰→陽」的順向移位，兩者消長出趨於陰柔的力量，由於此勢力居於底層，對於全篇風格影響不大；三層的「景→事」、「情→景」結構，以及次層的「底→圖」、「點→染」結構，均爲趨於陽剛之勢的順向移位；而上層的「實→虛→實」結構又是產生極強陽剛之勢的轉位，可知全篇的陽剛之氣是遠多於陰柔之氣的。故整體風格應是「剛中寓柔」的形態。劉乃昌評此詞云：

> 前闋寫安遠樓景致。……高樓的景觀，隱寓安遠之意蘊。……後闋由奇妙的想像回返寂落的現實，由無可奈何的開解推進到聊以自慰的展望。高樓的景象壯觀恢闊而奇麗，登樓的感想起落升降忽縱忽收，筆如游龍，意味深厚。〔註30〕

這首詞的淒苦之情，應是其陰柔之氣所在，而「高樓的景象壯觀恢闊而奇麗」，才是全詞意象的主調，兩者融合所呈現的風格，誠如許昂宵所云「淒婉悲壯」〔註31〕之致，這正與此詞章法風格之「剛中寓柔」的形式不謀而合。

◎〈玲瓏四犯〉紹熙四年，1193

> 疊鼓夜寒，垂燈春淺，匆匆時事如許。倦游歡意少，俯仰悲今古。江淹又吟恨賦，記當時、送君南浦。萬里乾坤，百年身世，唯有此情苦。揚州柳垂官路，有輕盈換馬，端正窺戶。酒醒明月下，夢逐潮聲去。文章信美知何用，漫贏得、天涯羈旅。教說與，春來要、尋花伴侶。

〔註30〕見劉乃昌《姜夔詞新釋輯評》，頁33。
〔註31〕見許昂宵《詞綜偶評》。收錄於《詞話叢編》第二冊，頁1559。

結構分析表：

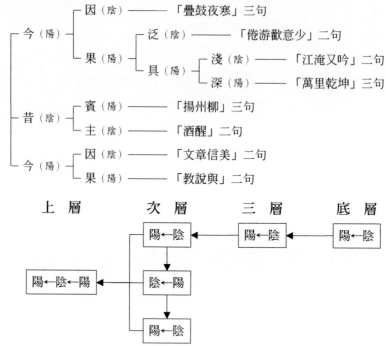

說　明：

　　這首詞是姜夔客居紹興，耳聞四鄰簫鼓迎新之聲，因感觸萬端所寫下的抒懷之作。上片寫當下所見所感，因「疊鼓夜寒，垂燈春淺」之景，從而生發身世之感；下片落入昔日身在揚州，「酒醒月下」的情景，其後再回到現實，抒發「文章信美」只能換得「天涯羈旅」的慨嘆，於是只能以尋花爲伴，聊以自解。結構表底層爲「淺（陰）→深（陽）」結構，是趨於陽剛的順向移位；三層的「泛（陰）→具（陽）」結構，也是趨於陽剛的順向移位；次層的兩疊「因（陰）→果（陽）」結構，與「賓（陽）→主（陰）」結構的逆向移位，恰形成陰陽相等的態勢；至上層的「今（陽）→昔（陰）→今（陽）」結構，又是形成強烈陽剛之勢的轉位，綜理全篇可以見出整體「剛中寓柔」的風致。劉乃昌評此詞的表現方式提到：

　　　本篇詞攄發懷才不遇，天涯羈旅情思，多有外延廣袤
　　的理性色彩語言，在表達方式上也較爲率直爽暢，不乏沛
　　然傾瀉之筆。〔註32〕

其云「率直爽暢，不乏沛然傾瀉之筆」，所展現的是此詞「陽剛」的
主調，而「攄發懷才不遇，天涯羈旅情思」正是本篇所蘊含的陰柔之
氣，可見章法風格所分析出來之「剛中寓柔」的風格，是符合其整體
的內在邏輯的。

◎〈**慶宮春**〉寧宗慶元二年，1196

　　　雙槳蓴波，一蓑松雨，暮愁漸滿空闊。呼我盟鷗，翩翩欲下，
　　背人還過木末。那回歸去，蕩雲雪，孤舟夜發。傷心重見，
　　依約眉山，黛痕低壓。採香徑裏春寒，老子婆娑，自歌誰答。
　　垂紅西望，飄然引去，此興平生難遏。酒醒波遠，政凝想、
　　明璫素襪。如今安在，唯有闌干，伴人一霎。

結構分析表：

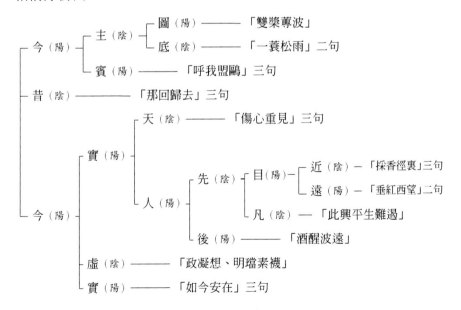

〔註32〕見劉乃昌《姜夔詞新釋輯評》，頁114。

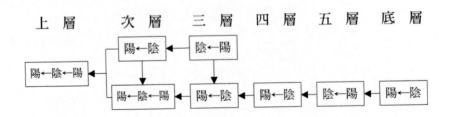

上　層　　　次　層　　　三　層　　　四　層　　　五　層　　　底　層

說　明：

　　這是一首重游舊地，追懷已逝友人，抒發感慨的作品。上片起筆描寫周遭環境，並以「盟鷗」翩翩襯托出一葉孤舟。這樣的景致令詞人追憶起當年「孤舟夜發」的情景，結句「傷心重見」三句，挽合今昔，感慨深沈。「依約眉山，黛痕低壓」乃描寫自然景致，而下片起筆續寫當下之人事，自「採香徑裏」放船，至「酒醒波遠」，呈現詞人放歌縱酒的黯然之情，不禁令人產生「明璫素襪」的幻覺，末三句再宕回現實，「唯有闌干，伴人一霎」寫出了令人深嘆的千古興衰。結構表共分六層，底層「近（陰）→ 遠（陽）」形成趨於陽剛的順向移位；五層「目（陽）→ 凡（陰）」則形成趨於陰柔的逆向移位；四層「先（陰）→ 後（陽）」又是趨於陽剛的移位；三層的「圖（陽）→ 底（陰）」結構所形成的陰柔之勢，大於「天（陰）→ 人（陽）」結構所形成的陽剛之勢；從底層到三層，我們可以看出陰柔的力量較爲明顯，但已被部分陽剛之氣消弱，眞正足以影響全篇剛柔的應是最上兩層，次層的「主（陰）→ 賓（陽）」結構、「實（陽）→ 虛（陰）→ 實（陽）」結構以及上層的「今（陽）→ 昔（陰）→ 今（陽）」結構，均產生趨於陽剛的力量，也決定了全篇「剛中寓柔」的主調。周嘯天評此詞云：

　　　　起三句「尊波」、「松雨」、「暮愁」，或語新意工，或情景交融，「漸」字寫出時間的推移，「空闊」則展示出景的深廣，爲全詞定下了一個清曠高遠的基調。……此詞雖有濃厚的傷逝懷昔之情和具體的人事背景，但作者一概不直書，不說明，祇於一路景物描寫之中自然帶出，並將它與

懷古之情合併寫來，既覺空靈蘊藉，又覺深厚雋永。〔註33〕
其所謂「清曠高遠的基調」實蘊含著剛與柔的成分，其中「曠」與「高」
的意境又主導著全詞的格調，可見本篇的風格應是趨於陽剛的。

◎〈鷓鴣天〉正月十一日觀燈　慶元三年，1197

　　巷陌風光縱賞時，籠紗未出馬先嘶。白頭居士無呵殿，祇有
　　乘肩小女隨。花滿市，月侵衣，少年情事老來悲。沙河塘上
　　春寒淺，看了游人緩緩歸。

結構分析表：

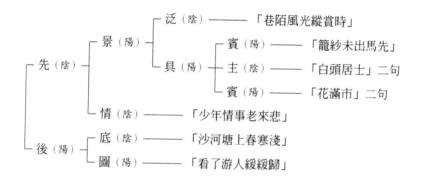

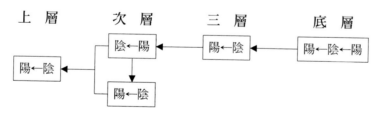

說　明：

　　這是一首描寫元宵燈節前之預賞的作品，而作者不著眼於節日之
歡樂，只在抒發身世之感慨。起首二句描寫臨安元宵燈節前的盛況，
而「白頭」二句轉而描寫自身的寂寥，在「花滿市，月侵衣」烘托之
下，帶出「少年情事老來悲」的哀情。末二句描寫夜深燈散，游人緩

〔註33〕見《唐宋詞鑑賞集成‧周嘯天評》，頁2007。

歸的景致，營造出一片喧鬧之後的清冷意境。結構表底層的「賓（陽）
→ 主（陰）→ 賓（陽）」結構是趨於陽剛之勢的轉位；三層的「泛
（陰）→ 具（陽）」結構亦帶出陽剛之勢；次層的「景（陽）→ 情
（陰）」結構，其形成的陰柔之勢，大於「底（陰）→ 圖（陽）」結
構所產生的陽剛之勢，然此層陰柔的力量已被底層與三層的陽剛之勢
消弱，再加上上層「先（陰）→ 後（陽）」之核心結構所形成的陽剛
之勢，全詞的風格仍是陽剛大於陰柔的形式。徐培均在分析其意象營
造時提到：

> 詞中不僅以樂景襯哀情，而且處處注意到對比與反
> 襯。正式在這種對比、反襯之中，詞的主旨得到了很好的
> 體現。〔註34〕

這裡提到全篇「以樂景襯哀情」的寫作筆法，在意象上營造了哀與樂
的對比，此對比性對於全篇風格是具有影響作用的。可見此篇章法風
格「剛中寓柔」的基調，與意象風格的對比性是可以互相參證的。

◎〈鷓鴣天〉元夕有所夢　　慶元三年，1197

> 肥水東流無盡期，當初不合種相思。夢中未比丹青見，暗裏
> 忽驚山鳥啼。春未綠，鬢先絲，人間別久不成悲。誰教歲歲
> 紅蓮夜，兩處沈吟各自知。

結構分析表：

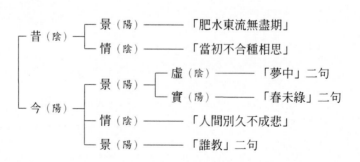

〔註34〕見《唐宋詞鑑賞集成・徐培均評》，頁1991。

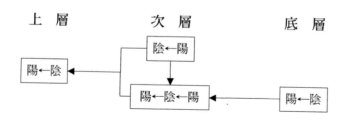

說　明：

　　本篇是懷念舊日戀人的情詞。起首二句回憶昔日初別的景況，其後再寫今日夢中所感，過片續寫夢醒後詞人的惆悵，於是帶出「人間別久不成悲」的感嘆。結尾「誰教」二句，直指心中深摯的相思之情，「兩處沈吟」更展現了空間的深長，也傳達了詞人與戀人之間眞情流露的相思之苦。結構表底層是「虛（陰）→　實（陽）」結構，其順向移位形成趨於陽剛的力量，次層的「景（陽）→　情（陰）」結構雖產生明顯的陰柔之勢，然其力度仍少於「景（陽）→　情（陰）→　景（陽）」結構所產生的陽剛之勢；上層的「昔（陰）→　今（陽）」核心結構仍是趨於陽剛的移位，由此可知全篇可定出「剛中寓柔」的基調。劉學錯分析此詞提到：

　　　　情詞的傳統風格偏於穠麗軟媚，這首詞卻以清剛拗健
　　之筆來寫刻骨銘心的深情，別具一種清峭雋永的情韻。〔註35〕

其謂「清剛拗健之筆」，以及「清峭雋永的情韻」，皆可作爲本篇章法風格「剛中寓柔」的註腳。

◎〈**漢宮春**〉嘉泰三年，1203

　　　一顧傾吳，苧蘿人不見，煙杳重湖。當時事如對弈，此亦天
　　乎。大夫仙去，笑人間、千古須臾。有倦客、扁舟夜泛，猶
　　疑水鳥相呼。秦山對樓自綠，怕越王故壘，時下樵蘇。只今
　　倚闌一笑，然則非歟。小叢解唱，倩松風、爲我吹竽。更坐
　　待、千岩月落，城頭眇眇啼烏。

〔註35〕見《唐宋詞鑑賞集成・劉學錯評》，頁1993。

結構分析表：

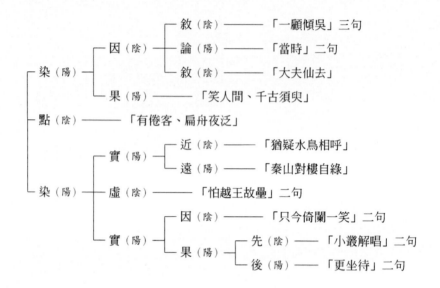

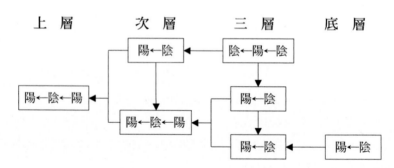

說　明：

　　這首詞是作者在浙東為次韻稼軒詞所作。全詞以夾敘夾議之筆，表達「人間千古須臾」的領悟，其後以「有倦客、扁舟夜泛」點出時空，再依據此一時空渲染景致，以虛實交錯的筆法，呈現出一幅縹緲遠空闊、兼懷今古的豪景。結構表底層是「先（陰）→ 後（陽）」，其代表時間的推移，也帶出陽剛之氣；三層的「敘（陰）→ 論（陽）→ 敘（陰）」結構之轉位，帶出陰柔之勢，而「近（陰）→ 遠（陽）」、

「因（陰）→ 果（陽）」兩結構所形成的陽剛之勢卻消弱了陰柔的力
度；再以上層「染（陽）→ 點（陰）→ 染（陽）」結構又是趨於陽
剛的轉位，使全篇風格形成「剛中寓柔」的形式。劉乃昌評析此詞之
風格提到：

> 白石詞以清空騷雅見稱，本篇則於幽峭中熔入議論，
> 揉入散文句法，帶有縱情豪吟氣韻，或當與酬和稼軒有關。

〔註36〕

這裡就筆法而言，所謂「於幽峭中熔入議論」、「縱情豪吟氣韻」充分
說明此詞「剛中寓柔」的特色。

◎〈水調歌頭〉開禧二年，1207

　　日落愛山紫，沙漲省潮回。平生夢猶不到，一葉眇西來，欲
　　訊桑田成海，人世了無知者，魚鳥兩相推。天外玉笙杳，子
　　晉只空台。倚闌干，二三子，總仙才。爾歌遠游章句，雲氣
　　入吾杯。不問王郎五馬，頗憶謝生雙屐，處處長青苔。東望
　　赤城近，吾興亦悠哉。

結構分析表：

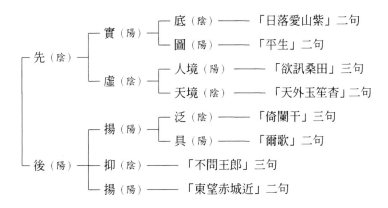

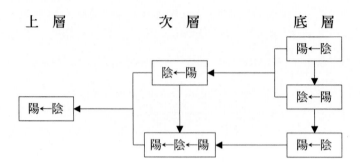

說　明：

　　這是一首記游抒懷之作。起筆實寫山頭落日之景，「欲訊」以下五句落入虛想，以神仙傳說帶出幽緲之致。下片轉寫游賞情景，以抑揚對比的筆法，營造出興味悠然的意境。結構表底層爲「底（陰）→圖（陽）」、「人（陽）→天（陰）」、「泛（陰）→具（陽）」三結構，其兩個順向移位、一個逆向移位，使這一層的剛柔趨於相濟；次層的「實（陽）→虛（陰）」結構是趨於陰柔的移位，然其力度仍小於「揚（陽）→抑（陰）→揚（陽）」之轉位所形成的陽剛之勢；至於上層的「先（陰）→後（陽）」結構仍是趨於陽剛的轉位，總其全篇陰陽之勢，可以看出明顯的「剛中寓柔」的風格。劉乃昌分析此詞的情理與氣韻時提到：

> 全篇寫景紀游，並緊扣永嘉勝跡寄寓宇宙人生的哲思，情蹤由瀟灑轉向深沈，最後趨向超撥悠游，氣韻起伏迴盪，涵蘊幽邃，耐人品味。〔註37〕

就其情感的脈絡而言，本篇確實「由瀟灑轉向深沈，最後趨向超撥悠游」，就在情感的起伏之間，可以看出其縱收自如的心境，此詞章法風格所分析的「剛中寓柔」之格調，正與此境相合。

◎〈訴衷情〉未編年

　　石榴一樹浸溪紅，零落小橋東。五日淒涼心事，山雨打船蓬。

　　諳世味，楚人弓，莫忡忡。白頭行客，不採蘋花，孤負薰風。

─────────────

〔註37〕見劉乃昌《姜夔詞新釋輯評》，頁192。

結構分析表：

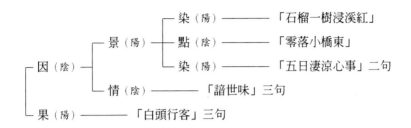

說　明：

　　這首詞是姜夔羈游江蘇吳縣，在合路橋遇雨而作。起筆敘寫石榴在初夏雨水的浸潤下，展現泛紅之致；其後點出泛舟之地，再接寫淅瀝山雨拍打船篷的景象，渲染出一種淒涼的氛圍。如此景致，沒有讓作者陷入身世之悲感，而是另一種忘懷得失的心境。於是帶出開闊宏大的胸襟，即使是「白頭行客」，也應該盡情游賞此時風情，不要辜負一片美好春光。結構表底層是「染（陽）→ 點（陰）→ 染（陽）」的結構，屬趨於陽剛的轉位；次層「景（陽）→ 情（陰）」結構，屬趨於陰柔的逆向移位；至上層「因（陰）→ 果（陽）」結構，又形成趨於陽剛的移位，總歸全詞的陰陽勢力，次層的陰柔之勢，仍小於上層與底層所產生的陽剛之勢，可知這首詞的風格仍是「剛中寓柔」的形式。劉乃昌評此詞云：

　　　　全詞由端午節令景象到羈旅情懷，由悲憫淒苦身世趨
　　向自我開解，語言簡淨，意蘊深沈。〔註38〕

就其情感脈絡而言，所謂「由悲憫淒苦身世趨向自我開解」，展現的

────────────

〔註38〕見劉乃昌《姜夔詞新釋輯評》，頁209。

是一種開闊的情致，而「語言簡淨」的特色，又點出語法風格上具有陽剛的趨向，這都證明了此篇風格的陽剛之氣是較爲明顯的。

結　語

宋詞的風格向來有「豪放」與「婉約」之別，但是從蘇軾與姜夔的作品實際分析，卻無法用這兩種風格概括其詞風的全貌。就其偏於陽剛的作品來說，蘇詞同時展現了「雄放」與「高峻」的風格，而姜夔詞則具備了「深沈幽峭」的特色。我們運用章法的邏輯思維分析其章法風格「剛中寓柔」的內在律動，或能凸顯出一般學者對於兩家詞作之風格述評的深層條理。